ARCHE

»Ich bin am 25. Mai 1938 in dem zur Straße liegenden Schlafzimmer eines Hauses in der Orton Road geboren, in einem Haus am Rande von Raffles, einer Sozialbausiedlung. Ich hatte Glück.«

So beginnt Margaret Forsters Reise zu den Orten, wo sie ihr Leben verbrachte und ihre berühmten Romane schrieb. Liebevoll und klug erzählt sie von der Bedeutung, die unsere Häuser und Wohnungen für uns haben. Wie sie uns Geborgenheit geben, uns durch Höhen und Tiefen begleiten, unser Leben beeinflussen.

Am Ende ist sicher: Ein wahres Zuhause ist mehr als vier Wände und eine frisch gestrichene Fassade.

Margaret Forster, 1938 in Carlisle geboren, studierte Geschichte in Oxford. Sie hat zahlreiche Romane und mehrere Biografien veröffentlicht. Bei Arche erschienen zuletzt: *Ein Zimmer, sechs Frauen und ein Bild* (2006), *Miranda* (2007), *Isa & May* (2011), *Das dunkle Kind* (2014) und *Mein Leben in Häusern* (2015). Margaret Forster wurde mit zahlreichen Preisen ausgezeichnet. Sie starb am 8. Februar 2016 in London.

Margaret

FORSTER

Mein Leben in Häusern

Aus dem Englischen von Susanne Höbel

ARCHE

Ungekürzte Taschenbuchausgabe
1. Auflage 2018

Die Originalausgabe erschien 2014 unter dem Titel
My Life in Houses bei Chatto & Windus, Random House, London.

Umschlaggestaltung: Kathrin Steigerwald, Hamburg
Umschlagmotiv: © Lizzy Stewart
Satz: Pinkuin Satz und Datentechnik
Druck und Bindung: GGP Media GmbH, Pößneck
Printed in Germany
ISBN 978-3-7160-4017-1

www.arche-verlag.com
www.facebook.com/ArcheVerlag

Die Häuser, in denen wir auf der Reise vom Mutterleib zum Grab leben, sind von beträchtlicher Bedeutung. Das Haus – und damit umfasse ich auch seine materielle und spirituelle Umgebung – hat einen unermesslichen Einfluss auf seine Bewohner…, die tiefste und nachhaltigste Wirkung auf einen Menschen und seine Art zu leben, übt das Haus aus, in dem er wohnt. Das Haus bestimmt die Qualität, Färbung, Atmosphäre und das Tempo des Lebens von Tag zu Tag, von Minute zu Minute, es bietet den Rahmen für das, was man tut, was man tun kann, für die Beziehungen zu anderen Menschen … wenn ich auf mein Leben zurückblicke, sehe ich es in Abschnitte unterteilt, die sich nach den Häusern richten, in denen ich gelebt habe, nicht nach Schule, Universität, Arbeit, Ehe, Tod, Trennung oder Krieg.

Leonard Woolf, Downhill All the Way: An Autobiography

Inhalt

Orton Road

Ich bin am 25. Mai 1938 in dem zur Straße liegenden Schlafzimmer eines Hauses in der Orton Road geboren, in einem Haus am Rande von Raffles, einer Sozialbausiedlung von Carlisle, in der Grafschaft Cumbria

Ich hatte Glück. Der Stadtrat von Carlisle war ziemlich stolz auf diese aus zweitausend Häusern bestehende Siedlung. Mit Begeisterung hatte er die Rede des Königs im April 1919 aufgenommen, der darin sagte, die einzige angemessene Lösung für den Umstand, dass ein so großer Teil der Bevölkerung in unangemessenen Wohnverhältnissen lebe, bestehe darin, mehr Häuser zu bauen, besonders für die Armen. In Carlisle gab es viele »Arme«, und viele von ihnen lebten dicht gedrängt in den Slums von Caldewgate, wo es die meisten Fabriken gab. Ein Bericht über die »Sanitären Bedingungen der Stadt Carlisle« von 1920 bezeichnete einen Großteil der Wohnhäuser in Caldewgate als »für Menschen ungeeignete Behausungen«, in denen jedoch viele Menschen dicht gedrängt lebten. In dem Bericht wurde von »schlecht angelegten Wegen und Höfen« gesprochen und darauf hingewiesen, dass nur wenige Häuser mit fließend Wasser ausgestattet waren und keins eine eigene Toilette hatte. Die »gemeinschaftlichen« Höfe beförderten die schnelle Verbreitung von ansteckenden Krankheiten. Diesem Übelstand sollte mit der neuen Sozialbausiedlung im Nordwesten von Caldewgate Abhilfe geschaffen werden – die »Armen« sollten Zugang zu den grünen Wiesen von Raffles haben.

Meine Eltern konnten zwar nicht der Gruppe der »Armen« zugerechnet werden, aber die Stadt war hellsichtig genug zu erkennen, dass es für die zukünftige Ausgewogenheit der neuen Siedlung förderlich wäre, ein paar jungverheiratete Paare am Anfang ihrer Familiengründung mit den Familien, die aus den Slums umgesiedelt wurden, zu mischen. Mein Vater, Monteur bei Hudson Scott, war zumindest gelernter Handwerker (einundneunzig Prozent derjenigen, denen ein Haus in der Siedlung zugewiesen wurde, waren Handwerker). Meine Mutter, die bis zu ihrer Eheschließung 1931 als Sekretärin bei der Gesundheitsbehörde gearbeitet hatte, war streng genommen eine soziale Schicht über ihm, aber wie alle Frauen musste sie ihre Stelle aufgeben, als sie heiratete. Beide waren in Carlisle geboren, und beide lebten in Häusern, die jeweils ihren Eltern gehörten – kleine Reihenhäuser in Arbeitervierteln, aber immerhin Eigentum, nicht gemietet. Sie hätten ihr Eheleben auch im Haus der Eltern von einem von ihnen beginnen können, aber so waren sie froh, ein eigenes und dazu neues Haus mieten zu können, für sechs Shilling pro Woche, was ein bisschen weniger als ein Viertel des Wochenlohns meines Vaters war.

Beide kannten die Felder von Raffles aus der Zeit, bevor die Siedlung gebaut wurde. Die von der Stadt erworbenen vierzig Hektar erstreckten sich auf beiden Seiten der Straße nach Wigton. Dort war noch nie viel gewachsen, nur struppiges Gras, denn der Boden war lehmig und ließ sich schlecht entwässern. Die neue Siedlung zerstörte also keine schöne Landschaft. Außerdem sollte Raffles eine der neuen Gartensiedlungen werden, auf deren Gestaltung große Sorgfalt verwendet werden würde. Viel freie Fläche würde erhalten bleiben, der Bebauungsplan sah pro Ar nur zwölf Häuser vor, die als eine angenehme Mischung von Reihenhäusern und Doppelhäusern geplant war. Eine Kirche und Geschäfte sollten entstehen, ein Park sollte angelegt werden. Die Siedlung sollte Modellcharakter haben.

Sie war gerade fertig geworden, als meine Eltern 1931 in die Orton Road zogen. Das Haus lag an einer Ecke der Orton Road, die westlich an der Siedlung vorbeiführte. Es war eine Doppelhaushälfte und auf drei Seiten von einem Garten umgeben. Drinnen gab es ein Wohnzimmer, eine winzige Küche nach hinten, zwei Schlafzimmer und ein Badezimmer, in dem es tatsächlich eine Badewanne gab, aber kein Waschbecken und keine Toilette. Zwar gehörte zum Haus eine Toilette, aber die war im Schuppen, zu dem man durch die Küchentür gelangte. Im Stadtrat hatte es lange Debatten darüber gegeben, hauptsächlich wegen der hohen Kosten, die der Einbau von Toiletten in den Badezimmern bedeutete. Diese Möglichkeit wurde eindeutig abgelehnt. Aber die billigere Variante, von der Küche einen Durchgang zu einer Toilette dahinter zu bauen, war offensichtlich nicht erwogen worden. Sollten die Leute doch um Himmels willen dankbar sein, dass sie überhaupt eine eigene Toilette hatten, auch wenn sie oft durch strömenden Regen gehen mussten. Und sie waren auch dankbar.

Meine Eltern waren die idealen Mieter. Sie hielten ihr gemietetes Haus perfekt in Schuss. Das war keineswegs einfach. Das Haus wurde von einem Kaminfeuer aus geheizt, dessen schwarze Eisenumrandung eine ganze Wand im Wohnzimmer einnahm. Das Schwärzen des Kamins war eine unangenehme Arbeit, die sich seit viktorianischen Zeiten nicht geändert hatte, auch war es mühselig, ein Kohlefeuer zu bauen und hinterher den Kamin zu reinigen. Die Kohle machte viel Staub, und es war eine dauerhafte Herausforderung, seiner Herr zu werden. Umso besser vielleicht, dass es nur wenige Möbel gab, die sauber gehalten werden mussten: eine Couch, ein Sessel, ein Tisch, vier hölzerne Stühle und ein Buffet – das meiste bei Auktionen erstanden. Trotzdem genug Möbel, dass der vier mal drei Meter fünfzig große Raum überfüllt wirkte. In der Küche gab es einen Gasherd und ein Spülbecken, mit einer Holzplatte links vom Spülbecken, die als Arbeitsfläche diente. Oben in dem Schlafzimmer, in dem ich zur Welt kommen sollte, standen ein Doppelbett, ein Kleiderschrank und eine Kommode. Später, als wir drei Kinder waren, wurde der Erker nach schottischem Muster in ein Bett-in-der-Wand verwandelt, genauer gesagt wurde dazu eine Planke quer in den Erker gelegt, darauf eine Matratze, und vor den Erker wurde ein Vorhang gespannt, um die Illusion von Privatsphäre zu schaffen. Ein zweites Schlafzimmer ging nach hinten raus, wo meine Großmutter mütterlicherseits eine Weile, bis zu ihrem Tod 1936, wohnte.

Als ich zur Welt kam, war Raffles eine Erfolgsgeschichte, der Stolz der Stadt Carlisle. Besonders der neue Park war ein Vorzeigestück. Er wurde 1934 eröffnet und hatte einen Minigolfplatz, einen Teich und viel Platz für Kinder zum Spielen. Die neue Kirche war wie ein glitzernder weißer Palast, sie stand mehr oder weniger in der Mitte der Siedlung und war gut besucht. Seltsamerweise gab es keine Schule. Die Kinder mussten entweder zur Ashley-Street-Schule gehen, am Rande von Caldewgate, oder zur Newton-Schule, die außerhalb der Siedlung am anderen Ende lag. Die Siedlung war immer noch blitzsauber, die Straßen waren gekehrt, die Gärten angelegt und gepflegt.

Und dort kam ich zur Welt, in einem Haus in der Orton

Road, begierig zu erleben, ob das Haus »die Qualität, Färbung, Atmosphäre und das Tempo« meines Lebens bestimmen würde.

Zweifelsohne hat es das getan.

Ich habe vierzehn Jahre in der Orton Road gelebt. Es war in jeder Hinsicht ein gutes Haus für ein Kind. Immer brannte ein helles Feuer im Kamin, immer stand Essen auf dem Tisch, der für jede Mahlzeit mit einer blitzsauberen Tischdecke gedeckt wurde. Das Buffet war nie ohne eine Vase mit Blumen, die aus dem eigenen Garten kamen, und die Messingornamente auf dem Buffet wurden regelmäßig poliert. Alles war sauber und ordentlich und frisch geputzt. Nie stand der Abwasch herum, die Fußböden wurden stets gefegt. Die Hausarbeit, für die es keine Haushaltsgeräte gab, war mühselig, aber sie wurde gründlich und unermüdlich gemacht. Es war gut, dieses Zuhause zu haben, aber mit sieben Jahren hatte ich heraus, wie ich möglichst wenig Zeit zu Hause verbringen konnte. Denn in Wahrheit gefielen mir andere Häuser besser. Die nämlich, die auf der anderen Seite der Orton Road lagen.

Die Orton Road war eine Grenzlinie. Auf der einen Seite, unserer, lag die Raffles-Siedlung, auf der anderen Seite standen Privathäuser. Unmittelbar unserem Haus gegenüber lag der Eingang zum Inglewood Crescent, an dem entlang auf beiden Seiten Häuser standen, die richtige Badezimmer hatten, ein Esszimmer zusätzlich zum Wohnzimmer, eine Küche, die (für die Verhältnisse der Vierzigerjahre) modern eingerichtet war, und oben drei Schlafzimmer. Diese Sackgasse erschien mir als der Inbegriff eines gehobenen Lebensstils. Selbst der Betonbelag der Straße, der immer noch fast weiß war, schien von besserer Qualität als die asphaltierten Straßen in unserer Siedlung. Am Ende der Straße begannen die Felder und schufen den Eindruck von Ländlichkeit. Die meisten Kinder, die in diesen Häusern lebten, gingen zur selben Grundschule wie wir von der Raffles-Siedlung, sodass ich ein paar Freundinnen fand. Sobald ich von der Ashley-Street-Schule nach Hause kam, rannte ich rüber in den Inglewood Crescent, holte meine Freundinnen ab, und zusammen gingen wir zu den verlassenen Tennisplätzen hinter den letzten Häusern oben am Crescent. Wir benutzten eine alte Hütte als Bühne und gaben Vorführungen. Nur wenn es regnete oder dunkel zu werden begann, gingen wir nach Hause. Gewöhnlich schaffte ich es, in ein Haus im Inglewood Crescent mitgenommen zu werden, bevor ich wieder in mein eigenes Haus in der Orton Road zurückkehrte, und ich wünschte mir inbrünstig, wir lebten auch im Inglewood Crescent.

Das Anziehende war der Platz. In unserem Haus waren wir zu fünft – meine Eltern, mein älterer Bruder und meine jüngere Schwester – ins Wohnzimmer gepackt, wo wir aßen und den Abend verbrachten, und fast immer lief das Radio. In den Häusern am Inglewood Crescent mussten nicht alle im gleichen Zimmer sein. Die Zimmer hatten elektrische Heizgeräte, sogar manche Schlafzimmer, sodass das Familienzusammensein keine Pflicht war. Ich empfand meinen Wunsch nach mehr Platz nicht als Ablehnung meiner Familie, sondern als natürliche Neigung, nicht immer mit anderen zusammen sein zu wollen. Ich hatte eine Freundin, ein Einzelkind, in deren Haus ich mich besonders gerne aufhielt, zum Glück sahen ihre Eltern es gern, wenn ich da war. Ich galt als angemessene Freundin, obwohl ich eigentlich von der falschen Seite der Orton Road kam (mittlerweile stand nämlich die Siedlung in dem Ruf, verroht zu sein). Aber kurz darauf wurde der Vater dieser Freundin zum Stationsvorsteher von Silloth Station gemacht, und die Familie zog weg. Meine Freundin vermisste mich, und so wurde ich eingeladen, ein Wochenende bei ihr, im Station House von Silloth, zu verbringen.

Mein Vater, der große Ehrfurcht vor allem hatte, was mit Zügen und Bahnhöfen zu tun hatte, und der Ausflüge am liebsten in das am Meer gelegene Silloth machte, war sehr beeindruckt von meinem Glück, dorthin eingeladen zu werden. »Station House« beschwor alle möglichen Vorstellungen in mir herauf, obwohl ich eigentlich genau hätte wissen müssen, wie das Haus aussah, schließlich war ich, wie die meisten Einwohner von Carlisle, von klein auf mit dem Zug nach Silloth gefahren. Allerdings hatte ich mir das Haus nie richtig angesehen. Ich wusste, dass es groß war und dem Haupteingang zum Bahnhof gegenüberstand, aber wir hatten es immer so eilig, vom Zug ans Meer zu kommen, dass ich mir das Aussehen des Hauses nie eingeprägt hatte und nur wusste, dass es für sich stand. Die Wirklichkeit war eher einschüchternd. Das Station House war ein großes Backsteingebäude, das ein wenig von der Straße zurückgesetzt war. Links von der Eingangstür war ein großes Fenster mit einem spitzen Dach. Rechts war ein kleineres Fenster. Im Garten wuchsen keine Blumen, stattdessen wucherten ungehindert ein paar dunkelgrüne Büsche. Die Haustür war schwarz gestrichen und hatte einen Türklopfer in Form eines Löwenkopfes. Vor den Fenstern im Erdgeschoss hingen Gardinen, sodass es für mich so aussah, als hätte das Haus die Augen geschlossen. Der Flur war dunkel und bekam nur Licht von einem Fenster im ersten Stock. Die einzigen Räume unten, die benutzt wurden, waren die nach hinten liegende Küche und das Wohnzimmer, das davon abging. Beide kamen mir riesig vor und waren karg möbliert. Die Familie – nur meine Freundin und ihre Eltern – war aus einer modernen Doppelhaushälfte in Carlisle in dieses Haus gezogen, wo ihre Möbel verloren wirkten.

Ich hätte nie geglaubt, dass ein Haus die Menschen, die in ihm wohnten, dominieren könnte, aber genau das tat dieses Haus. Jeder Schritt hatte ein Echo, und obwohl meine Freundin und ich herumrannten und Lärm machten, senkte sich die Stille der Zimmer auf uns, sobald wir uns setzten. Der Hund, ein Schäferhund, der für das Haus in Carlisle zu groß und lebhaft gewesen war, wirkte hier geschrumpft. Ich fühlte mich nicht wohl, obwohl ich theoretisch in genau so einem Haus gern gewohnt hätte. Zum Glück waren wir die meiste Zeit draußen und spielten in Silloth Green, dem kleinen Park. Meine Freundin bekam seit einiger Zeit Reitstunden in Allonby, einem in der Nähe gelegenen Ort an der Küste, und an dem Wochenende wurde ich gefragt, ob ich auch reiten wolle. Ich sagte sofort Ja. Niemand fragte, ob ich reiten *könne*, aber eigentlich hätten die Eltern meiner Freundin wissen müssen, dass das sehr unwahrscheinlich war. Ich selbst glaubte fest, dass ich es konnte. War ich nicht viele Male bei Ausflügen nach Silloth im Park auf einem Esel geritten? Natürlich – da war nichts dabei. Und in all den Geschichten, die ich las, ritten die Kinder, sie galoppierten auf ihren Pferden, so wie ich es auch tun würde, da war ich voller Selbstvertrauen. Ich sah mich schon in geborgten Reithosen und einer Reitkappe auf einem braunen Rappen über den Sand von Allonby jagen…

Wenigstens erkannte der Reitlehrer sofort, dass ich noch nie im Leben auf einem Pferd gesessen hatte. Ohne Hilfestellung schaffte ich es nicht in den Sattel, und als ich endlich oben war, hatte ich größte Mühe, mich aufrecht zu halten. Mein Pferd, zweifellos das gefügigste im Stall, wurde an eine Leine gelegt, und wir gingen im Trab, während die anderen galoppierten. Trotzdem war ich eine Zeit lang verliebt in das Bild von mir selbst als einem Mädchen, das reiten konnte und in einem *großen Haus* am Meer lebte. Am Ende der Reitstunde kam ich kaum vom Pferd herunter, und als ich wieder auf dem Boden stand, konnte ich kaum gehen. Während der letzten Tage meines Besuchs im Station House tat mir alles weh, doch als es Zeit war, nach Hause zu fahren, prahlte ich schon von meinem Ausritt, wie wunderbar das war.

Obwohl ich wieder ins Station House eingeladen wurde, fuhr ich nie mehr hin. Und jedes Mal, wenn ich den Bahnhof von Silloth verließ, wandte ich meinen Blick von dem Haus ab.

Bald danach war ich fasziniert von einem anderen Haus, aber das war eine Schule. Mit elf Jahren bestand ich das Eleven Plus, die Aufnahmeprüfung fürs Gymnasium, und kam auf die Carlisle & County High School for Girls in Lismore Place. Das Gebäude erfüllte mich mit Ehrfurcht. Es war 1909 erbaut worden, im Baustil eines Landhauses zur Zeit König Edwards, und die Baukosten beliefen sich auf achtzehntausend Pfund. Im Sommer wurde der Rasen vor dem Gebäude in Tennisplätze verwandelt, und das Schulgelände selbst hatte mehrere Sportplätze. Jeden Tag, wenn ich das Gebäude betrat, empfand ich eine gewisse Erregung, besonders wenn wir in die Aula gingen, mit ihrer Bühne und den Schwarzen Brettern, an denen die Ausschreibungen für Stipendien aushingen, und der Galerie an der einen Seite. Hier hätte ich gern gewohnt, und auch so verweilte ich nach der Schule und löste mich nur widerstrebend. Anders als im Station House schien es hier, in diesem viel größeren »Haus«, nichts zu geben, was einschüchternd oder bedrückend war. Es schien von Licht durchflutet, und die Zeichen von Verschleiß, die zu dem Zeitpunkt (1949) sichtbar waren, entgingen mir. Ich sah nur, wie groß alles war. Ich staunte über die Ausmaße. In meinen Fantasien wurde die Schule in ein Internat umgewandelt (die Gebühren würden von der Stadt übernommen, versteht sich). Nachmittags nach Hause in die Orton Road zu gehen war eine schreckliche Ernüchterung.

Aber der Schulweg zweimal am Tag brachte mir viel über andere Häuser bei. Zwischen der Orton Road und Lismore Place gab es viele verschiedene Arten von Häusern. Mit Doppelhaushälften kannte ich mich gut aus, aber die Häuser in der Chiswick Street und der Warwick Road waren ganz anders. Es waren dreigeschossige viktorianische Reihenhäuser, deren Türen und Fenster sich stark von denen in der Raffles-Siedlung unterschieden. Besonders die Türen machten mir Eindruck. Sie sahen aus, als könnten sie jedem Ansturm standhalten, so widerstandsfähig wirkten sie. Ich sah zu den Fenstern hoch, zählte sie und rechnete aus, dass einige der Häuser acht Zimmer haben mussten, und ich fragte mich, wozu sie alle benutzt wurden. Die Häuser standen in breiten Straßen, die ich gern entlangging. Der Kontrast, nicht nur zu den Häusern da, wo ich wohnte, sondern auch zu den uralten Gassen, durch die ich eine Abkürzung nahm (einmal bin ich beim Rathaus aus dem Bus gestiegen, weil ich durch diese Gassen gehen wollte), war stark. In den Gassen lebten nicht mehr viele Menschen, aber ich hatte einige der winzigen, engen Häuser von innen gesehen und wusste, wie dunkel und bedrückend sie waren. Ich durchwanderte eine ganze Geschichtsstunde, wenn ich alle diese Häuser miteinander verglich, aber ich wusste damals nicht, was sie mich lehrte.

Dass ein Haus, wie auch immer geschaffen, einer Wohnung vorzuziehen war, wusste ich hingegen. Meine Tante Jean, die Schwester meiner Mutter, wohnte in einer Wohnung, die allerdings vorgab, ein Haus zu sein. Die Nummer 366 in der Bellshill Road in Motherwell hatte eine eigene Haustür, sodass es aussah, als würde man in ein Haus gehen, aber drinnen entdeckte man, dass es eine Wohnung war. Sie bestand aus zwei Zimmern und einer winzigen Küche auf dem Treppenabsatz, von dem aus man, nachdem man an einer weiteren Wohnung vorbeigekommen war, die Souterrainwohnung erreichte. Meine Tante, ihr Mann und zwei Söhne wohnten hier, in diesem großen, »The Building« genannten Block. Hinter dem Block gab es eine Reihe Waschküchen, und ging man noch weiter, kam man zu einem Schlackeberg, »Bing« genannt, auf dem die Kinder spielten. Unter den Frauen, die die Waschküchen benutzten, herrschte ein starkes Gemeinschaftsgefühl – sie kannten sich alle und besuchten sich gegenseitig in ihren »Häusern«. Wenn ich von Aunt Jean zurück in die Orton Road kam, wusste ich unser Haus plötzlich zu schätzen. Allmählich begriff ich, dass alles relativ war. Zwar sehnte ich mich nach mehr Platz und einer Rückzugsmöglichkeit, wie ein großes Haus sie bieten würde, aber verglichen mit dem Leben in »The Building« hatte ich das jetzt schon.

Um alles ein wenig verworrener zu machen, gab es in meiner Erfahrung noch eine zweite Wohnung. Die andere Schwester meiner Mutter, Nan, wohnte mit ihrem Mann und ihrem Sohn in einer Wohnung über einem Optikerladen in Nottingham. Wenn wir unsere Ferien nicht in Motherwell verbrachten, dann kamen wir nach Nottingham, in eine Wohnung, die ganz anders als die in Motherwell war. Dies war eine große Wohnung mit drei Schlafzimmern, einem großen Wohnzimmer, einer Küche und einem Bad. Sie war bequem möbliert, die ganze Wohnung war mit hellem Teppich ausgelegt, und an den Fenstern hingen Vorhänge aus Seide. Zu der Wohnung gehörte weder ein Garten noch ein Hof, aber davon abgesehen schien sie mir recht attraktiv. In einer solchen Wohnung könnte ich wohnen, dachte ich, nachdem ich zuvor beschlossen hatte, nie in einer Wohnung wohnen zu wollen.

Aber natürlich wohnte auch niemand über meiner Tante Nan noch darunter (da war das Geschäft). Die Wohnung schien also ganz eigenständig und hatte keine der üblichen Nachteile, die zum Leben in einer Wohnung gehörten. Trotzdem, der fehlende Garten war ein solcher Nachteil, und ich kehrte von dieser Wohnung mit widerstrebender Dankbarkeit in unser Haus zurück, das einen hatte.

Mit elf spielte ich immer noch mein Häuserspiel, so wie andere Mädchen Seilspringen machten. Es ließ mich nicht los. Das Spiel ging so, dass ich mir ein Haus in der Norfolk Road aussuchte, durch die wir auf dem Weg zu unseren Großeltern gingen. In dieser Straße, die keinen Durchgangsverkehr hatte und deshalb sehr still war, standen Villen aus Viktorianischer und Edwardianischer Zeit mit Doppelfronten. Zu manchen führte eine geschwungene Auffahrt, und oftmals waren die imposanten schmiedeeisernen Tore an der Straße rechts und links von Steinsäulen flankiert. Ende der Vierzigerjahre waren einige dieser Häuser bereits in Altersresidenzen umgewandelt, aber die meisten befanden sich noch im Privatbesitz und gehörten Anwälten oder Direktoren von Firmen in der Stadt. Dies war nicht das vornehme Viertel von Carlisle (das war Stanwix), aber die Straße war trotz ihrer Nähe zur Siedlung Raffles eine begehrte Adresse. In meinem Spiel wohnte ich in einem dieser Häuser, wobei »mein« Haus immer wieder ein anderes war. Ich suchte mir ein Haus aus und setzte dessen Bewohner kurzerhand auf die Straße. Wohin sie zogen, war mir gleichgültig, ich warf sie einfach raus, sollten sie selbst entscheiden, wohin sie gehen wollten: Ich zog ein, sobald sie ausgezogen war, nur ich, ohne meine Familie. In dem Haus, das ich mir ausgesucht hatte, nahm ich mir ein Schlafzimmer nach hinten und hoffte, es hätte einen Blick auf einen Garten mit lauter Apfelbäumen. (Ich konnte nicht sehen, wie groß die Gärten der Häuser waren, war mir aber sicher, dass sie Rasen und Bäume hatten.) Ich würde keine Vorhänge haben, sondern Jalousien, wie ich es in Zeitschriften gesehen hatte. Ich hätte weiße Wände und einen hellgrünen Teppich. Es gäbe keine dunklen Möbel in dem Zimmer, alles wäre aus hellem Holz. Was das Bett anging, war ich unschlüssig: ein Kopfteil aus Messing oder lieber eins aus Korbgeflecht? Dann nahm ich das restliche Haus in Besitz, sah mich vorsichtig in den Zimmern um und wechselte in Sekundenschnelle die gesamte Innenausstattung aus. Ich hätte auf jeden Fall eine Bibliothek, obwohl ich nicht wusste, wie die Regale angebracht werden würden, ob sie an den Wänden entlang stehen oder, wie in der Bücherei Tullie House, frei stehend sein sollten. Ach, Probleme über Probleme, jedes einzelne eine Freude.

Ich spielte dieses Spiel, aber ich spielte kaum je mit dem Puppenhaus, das ich hatte. Ich mit meinen hochfliegenden Ideen fand daran keinen Gefallen. Bob, der Bruder meines Vaters, hatte es für mich gemacht, als ich sieben war. Mit dem Dach über vier Zimmern, zwei oben und zwei genau gleiche unten, alle vier vorne offen, war es eine schreckliche Enttäuschung für mich. Es gab keine Tür, die man hätte öffnen oder schließen können und mit der es wie ein echtes Haus ausgesehen hätte. Das überstieg wahrscheinlich Bobs Fähigkeiten. Nach ein paar halbherzigen Versuchen, die Zimmer anzumalen und die Böden mit Plastikstücken auszulegen und Wollfetzen als Teppich zu benutzen, verlor ich das Interesse. Die paar Puppenmöbel, die ich geschenkt bekommen hatte, sahen in diesem offenen Haus lächerlich aus, und mit ihnen die Zimmer einzurichten, machte überhaupt keinen Spaß. Vermutlich hielt man mich für undankbar, aber zum Glück spielte das bald keine Rolle mehr, denn zwischen meinem Vater und Bob kam es zum Streit, und danach sprachen die beiden vierzig Jahre nicht mehr miteinander. Doch auch dann war es kein richtiges Gespräch. Bob kam zu der Beerdigung meiner Mutter, und als mein Vater ihn draußen in respektvollem Abstand vor der Kirche stehen sah, rief er durch das offene Fenster: »Bob, du kannst dich zu uns an den Tisch setzen.« Bob schüttelte den Kopf. Und das war alles. Sie sprachen bis zum Tod nicht miteinander. Aber nach dem Streit wurde das Puppenhaus ein Stein des Anstoßes, und ich durfte es verschenken. Das Häuserspiel in meinem Kopf war viel besser.

Es gab noch ein anderes Haus, abgesehen von denen in der Norfolk Road, das mich faszinierte und in dem ich mich, vorausgesetzt, ein kleines Wunder geschah, als Bewohnerin vorstellen konnte. Morton Manor lag auf der anderen Seite der Wigton Road, die an der Außengrenze der Raffles-Siedlung entlangführte. Das Haus selbst konnte man nicht sehen, weil eine hohe Mauer den Park, in dem es stand, von der Straße trennte, aber einmal im Jahr gaben Sir Robert und Lady Chance ein Gartenfest, und dann durften wir rein und betraten das Gelände durch das große Tor und gingen auf der Einfahrt, die rechts und links von Büschen und Bäumen gesäumt war, zum Haus. Auf dem Gelände hatte seit dem siebzehnten Jahrhundert ein Haus gestanden, aber das Landhaus, so wie es damals war, (oder Teile davon) stammte aus dem Jahr 1807, als die Familie Forster es gekauft und erweitert hatte. Die Familie Forster? Wie gut, dass ich das 1940 nicht wusste, denn ich hätte mir sofort eine Geschichte zusammengesponnen, in der ich in Wirklichkeit zu *diesem* Zweig der Familie von der englisch-schottischen Grenze gehörte, die in Walter Scotts »Young Lochinvar« zu Ruhm gelangte, und nicht zu meinem eigenen – ich hätte mich in die Rolle der lange verschollenen Urgroßenkelin und rechtmäßigen Erbin versetzt. So aber verkaufte John Forster 1837 das Anwesen, und später gehörte es Robert Chance.

Wenn das Haus in Sicht kam, war es eine Überraschung, denn lange blieb es vor den Blicken der Besucher, die sich auf der Einfahrt näherten, verborgen. Der Park wirkte natürlich, war aber von William Sawrey Gilpin, einem gefeierten Landschaftsgärtner des neunzehnten Jahrhunderts, angelegt worden. Ich wusste nichts über Landschaftsgärten, noch hatte ich je von Gilpin gehört, aber ich erkannte, dass der Park von Morton Manor künstlerisch war. Wie das Landhaus selbst auch. Es war ein langes, niedriges Gebäude mit nur zwei Stockwerken, bodenlangen Fenstern im Erdgeschoss und einem eher bescheidenen Eingang durch einen überwölbten Vorbau. Die gesamte Vorderfront war von Efeu überwachsen (vielleicht war es Wein, im Herbst habe ich es nie gesehen). Ich fand, dass es dem Haus etwas Romantisches verlieh, aber mein Vater warf einen Blick darauf und hatte zwei Gründe dagegen: Efeu zersetzte die Mauern, und es zog Insekten an, die dann in die Zimmer gelangen konnten. Ich überlegte, ob ich diese beunruhigenden Informationen Sir Robert und Lady Chance mitteilen sollte, die an diesem Tag unter den Gästen weilten, entschied mich aber dagegen. Natürlich durften wir nicht ins Haus, aber ich hielt mich bei den langen Fenstern auf und versuchte möglichst beiläufig hineinzugucken. Viel konnte ich nicht erkennen, nur ein paar dem Anschein nach dunkle Möbel und an den Wänden dunkle Bilder.

Als wir von Morton Manor nach Hause kamen, stellte ich mir unser Siedlungshaus sofort mit Efeuranken vor. Es sah viel besser aus. Aber nichts konnte das Äußere des Hauses wirklich verändern, mit oder ohne Efeu. Es sah aus wie eine Kinderzeichnung, noch dazu von einem Kind, das keine Begabung fürs Zeichnen hatte. Seine Form war schlicht, das konnte sogar ich erkennen, ohne dass ich irgendetwas über Architektur wusste. Es gab keine besonderen Merkmale – natürlich nicht, die Stadt hatte kein Geld für irgendwelchen Schnickschnack. Die Haustür war, wie bei allen anderen Häusern der Siedlung auch, in einem trüben Grün angemalt, kein Farngrün, kein Waldgrün, sondern ein welkes Kohlgrün. Je mehr ich mich mit dem Stil anderer Häuser vertraut machte, desto kritischer wurde mein Blick auf unser Haus. Ich bemerkte, dass die Fassade im oberen Teil, der verputzt war, mittlerweile schmutzig grau geworden war, und wünschte mir, sie bekäme einen frischen weißen Anstrich. Das würde viel ausmachen. Oder der Garten könnte anders gestaltet werden. Der größte Teil des Gartens lag an der Längsseite des Hauses und war öffentlichen Blicken ausgesetzt. Läge er hinter dem Haus, wäre er weniger einsehbar … und so bedachte ich das arme Haus fortwährend mit meiner Unzufriedenheit.

Aber wenigstens erkannte ich, dass der Garten trotz seiner ungünstigen Form ein Vorzeigeobjekt war, wenn auch nicht nach den Maßstäben von Morton Manor. Gilpin hätte vermutlich Kohlköpfe und Rhabarber neben Rosenbeeten nicht gutgeheißen, aber bestimmt hätte er die Hecken meines Vaters bewundert. Die waren nämlich hervorragend gepflegt, mussten allerdings dauernd gestutzt werden. Liguster wächst schnell und dicht, und mein Vater, der die Hecke gern einen Meter zwanzig hoch und sechzig Zentimeter breit haben wollte, zähmte sie allein mit seiner Heckenschere. Jedoch musste die Hecke jeden Freitagabend eine grausame Behandlung über sich ergehen lassen, was meinen Vater in helle Wut versetzte. Ein paar hundert Meter nach links entlang der Orton Road, wo sie in die Wigton Road mündet, war früher, als Raffles noch offenes Gelände war, ein Zollhaus. Seit Anfang des neunzehnten Jahrhunderts hatte dort ein Wirtshaus gestanden, The Horse & Farrier. An derselben Stelle wurde in den späten Zwanzigerjahren ein Pub gebaut, das ebenfalls The Horse & Farrier hieß und für die durstigen Einwohner der noch zu errichtenden Sozialbausiedlung bereitstand. Es gab kein anderes Pub in der Siedlung, die Beliebtheit des Horse & Farrier war also gesichert. Unser Haus lag auf dem Weg dorthin. Wenn der Wirt beim Zapfenstreich die trunkenen Gäste aus dem Schankraum schickte, drängte die Masse lauter und erregter Männer (und einiger Frauen) die Orton Road entlang, wo der erste Haltepunkt unsere Hecke war – manche Männer lehnten sich an sie, andere übergaben sich in die glänzenden Blätter und wieder andere wurden mit einem Faustschlag hineinbefördert. Ich lag mit heftigem Herzklopfen neben meiner jüngeren Schwester Pauline in dem Bett-in-der-Wand, obwohl ich wusste, dass ich mich in keinerlei Gefahr befand, und hörte meinen Vater aus dem Fenster brüllen, dass er die Polizei holen würde (was schwierig war, weil wir kein Telefon hatten). Manchmal steigerte sich seine Wut dermaßen, dass er einen Eimer mit Wasser füllte und ihn über den Betrunkenen ausschüttete. Nicht unbedingt klug, aber kurzfristig wirkungsvoll.

The Horse & Farrier war ein imposantes Gebäude und anders als andere Pubs, die ich in Caldewgate vom Vorbeigehen kannte. Als Einzelhaus an der Ecke konnte man es leicht für ein ziemlich beeindruckendes Wohnhaus halten und den Bouleplatz dahinter für eine überaus gepflegte Rasenfläche. Jedes Jahr wurden die verputzten Mauern frisch gestrichen, und ähnlich wie die St. Barnabas Church mitten in der Siedlung hatte das Pub einen gewissen Glanz. Aber ich fürchtete mich davor. Mein Vater kehrte einmal in der Woche dort ein, kam aber nie betrunken nach Hause. Dass unser Haus so nah bei dem Pub war, störte mich ungemein. Wenn ich sagen sollte, wo ich wohnte, sagte ich nie: »Gleich beim Horse & Farrier«, sondern »in der Nähe von Morton Park« oder »in der Nähe von Inglewood Crescent«. Mein Snobismus war damals schon voll ausgebildet.

Das Pub kam auch in den Albträumen vor, die ich regelmäßig hatte. Natürlich war ich nie in den Räumen gewesen, aber in meinen Albträumen war ich es, umgeben von Menschen, die riefen und sangen und fluchten und Gläser mit schäumendem Bier in den Händen hielten, das manchmal überschwappte, auf meinen Kopf tropfte und mir in den Mund lief. Ich kroch immer auf allen vieren auf dem Boden und versuchte, zwischen den vielen Stiefeln, von denen ich manche Tritte abbekam, zur Tür zu gelangen. Die Tür stand immer offen, und das Licht strömte in den dunklen Raum, und schließlich kam ich bei der Tür an, kroch hinaus und stand auf, um wegzugehen – und an dem Punkt wachte ich immer auf, weil ich die Treppe runtergefallen war. Zum Glück gab es in unserem Haus nur zwölf flache Stufen mit einer Biegung oben, bis zu der ich es offensichtlich im Schlaf geschafft hatte, bevor ich fiel. Ich tat mir nie wirklich weh. Jemand hob mich auf und setzte mich meiner Mutter auf den Schoß, und man versuchte herauszufinden, was es mit diesem Fallen auf sich hatte. Ich war, soweit ich weiß, nie in der Lage, den Albtraum zu beschreiben, und konnte nur sagen, ich hätte geträumt, ich sei im Horse & Farrier gewesen, was meiner Mutter höchst verwunderlich vorkam.

Sobald der Albtraum verblasst war und ich wieder ins Bett gebracht wurde, schien mir unser Haus ein angenehm sicherer Ort, sogar behaglich, und ich war erleichtert und froh, in dem Bett-in-der-Wand unter der Decke zu liegen. Aber es gab andere Momente, die mir noch lieber waren und in denen das Haus einen anderen Charakter annahm und ich glücklich war, dort zu wohnen, und das war immer dann, wenn außer mir niemand im Haus war. Das kam selten vor. Normalerweise waren wir abends alle im Wohnzimmer und hatten das Radio an, aber manchmal, an einem Freitagabend, konnte es sein, dass alle anderen weg waren. Gordon, ein begeisterter Pfadfinder, ging vielleicht zu einem Pfadfindertreffen, und manchmal war er auch das ganze Wochenende mit den Pfadfindern unterwegs. Meine Mutter nahm gelegentlich Pauline zu einem Verwandtenbesuch mit. Und mein Vater zog sich, wenn er von der Arbeit kam, seine blaue Arbeitskleidung aus, wusch sich und machte sich fein für seinen einen Abend in der Woche im Horse & Farrier. Nicht, dass alle gleichzeitig gingen und wieder zurückkamen, aber meistens war eine Stunde lang außer mir niemand im Haus. Als ich zwölf war, konnte man es wohl riskieren, mich allein zu lassen, wobei ich im Winter strenge Anweisungen hatte, das Feuer im Auge zu behalten. Es musste regelmäßig geschürt werden, und ich durfte mich nicht so sehr in ein Buch vertiefen, dass ich vergaß, rechtzeitig Kohlen nachzulegen. Wenn niemand im Haus war, nahm das Lesen eine andere Qualität an. Dann war es kein Kampf gegen Lärm und Unterbrechungen, kein Abwehren des Vorwurfs, dass Lesen eine asoziale Tätigkeit war, sondern eine vergnügliche Beschäftigung, ohne dass dafür andere Aktivitäten im Zimmer ausgeblendet werden mussten. In meiner Fantasie stellte ich mir vor, das Haus billige mein Lesen und freue sich darüber, in eine kleine Bibliothek verwandelt worden zu sein. Damals las ich noch hauptsächlich Kinderbücher, Arthur Ransome und Ähnliches, allerdings hatte ich auch *Jane Eyre* von Charlotte Brontë gelesen und mich an Virginia Woolf gewagt (*Orlando*, wovon ich kein Wort verstand). Jedes Mal war es ein Ärgernis, wenn die anderen zurückkamen und das Haus sich wieder zum Treffpunkt für die Familie zurückverwandelte und nicht mehr eine Bibliothek war.

Ich verschwand dann nach oben in das eiskalte Schlafzimmer, denn wenigstens hatten meine Schwester, neun, und ich, zwölf, – inzwischen war es 1950 – den Aufstieg vom Bett-in-der-Wand in das hintere Schlafzimmer geschafft, weil mein Bruder zum Wehrdienst eingezogen worden war. Wir mussten immer noch ein Bett teilen, aber es war ein richtiges und viel bequemeres Bett, und wir hatten das ganze Zimmer für uns. Platz für einen Schreibtisch gab es nicht, und ich machte meine Hausaufgaben am Waschtisch. Der Waschtisch, ein hübsches Möbelstück aus Kiefernholz, kam aus dem Haushalt meiner Großmutter mütterlicherseits. Auf der Tischplatte standen eine Porzellanschüssel und ein Krug. Eigentlich müsste der Krug in der Küche mit heißem Wasser gefüllt und dann nach oben getragen werden, wo das Wasser in die Schüssel gegossen würde, damit man sich waschen konnte. Aber wir wuschen uns alle in der Küche, und nur Besuch (immer Verwandte) benutzte den Waschtisch. Rückte ich aber Schüssel und Krug zur Seite und stellte einen Stuhl vor den Waschtisch, konnte ich da sitzen und meine Hausaufgaben machen, wobei ich allerdings meine Knie entweder unter die Tischplatte klemmen oder die Beine zur Seite ausstrecken musste.

Kurz nachdem wir in das Zimmer gezogen waren, stellte unsere Kunstlehrerin uns eine Malaufgabe: »Der Blick von meinem Schlafzimmerfenster«. Wäre ich noch in dem Bett-in-der-Wand im Elternschlafzimmer, welchen Blick hätte ich beschreiben können? So aber hatte ich ein richtiges Fenster, zu dem ich hinausgucken konnte. Ich guckte. Es war ein öder Blick: der Kohleschuppen, die Wäscheleine, die über zwei kräftige Holzpfähle gespannt war, die Rückseiten der Häuser in der nächsten Straße. Die Blumen, die mein Vater im Garten gepflanzt hatte, waren an der Seite und vorne – bunte Lupinen, Dahlien, Löwenmäulchen, die mir einen ganzen Tuschkasten von Farben zum Malen boten. Wollte ich aber den echten Ausblick malen, brauchte ich nur die Farben Grau, Schwarz und Braun. Eine winzige gelbe Blume wuchs in einem kleinen feuchten Riss im Asphalt beim Kohleschuppen, aber daraus konnte ich kaum etwas zaubern. Langsam begann ich das Bild zu malen, das ich gern gesehen hätte. Ein ebenes, ovales Rasenstück mit einem Apfelbaum am hinteren Ende. Ich wollte schon lauter Blüten an den Baum malen, als mir einfiel, dass es November war. In die Mitte der leuchtend grünen Wiese malte ich einen Springbrunnen, aber dann bekam ich das Wasser nicht hin, also machte ich aus dem Springbrunnen rasch ein Vogelbad. Für den Vogel brauchte ich nicht mehr als einen schwarzen Tupfer. An einen Ast im Apfelbaum malte ich eine Schaukel, aber ich wusste, dass ich nicht geschickt genug war, um eine Person beim Schaukeln zu malen. Jede Menge grellbunter Blumen kamen hinzu, alle um den Rasen herum, und in einem kreativen Moment malte ich eine Katze, die über den Rasen stolzierte (wir hatten keine Haustiere). Es war ein überraschend buntes Bild, und ich war damit zufrieden. Niemand von meiner Schule war je bei mir zu Hause gewesen, schon gar nicht unsere Lehrerin, es konnte also niemand wissen, dass dieser Blick überhaupt nicht der Wahrheit entsprach, und ich konnte nicht entlarvt werden. Einigermaßen stolz gab ich meine Arbeit ab, doch dann wurde mir eine beschämende Lektion erteilt. Das beste Bild war das von einem Mädchen, dessen Blick vom Fenster viel deprimierender war als der von meinem. Offensichtlich wohnte sie in einem Haus, das keinen Garten hatte, sondern nur einen Hof, der zudem voller Mülltonnen und Unrat war. Ein rostiges Fahrrad, an dem ein Rad fehlte, lag auf dem Boden, und sie hatte die Farben Grau – Dunkelgrau und Hellgrau –, Dunkelbraun und Schwarz benutzt. Sie hatte den Ausblick wahrheitsgetreu wiedergegeben und ein Bild gemalt, das voller Atmosphäre und interessanter Details war, so öde die auch sein mochten. Mein eigenes Fantasiebild war lächerlich.

Aber so lebte ich mein Leben, in Fantasievorstellungen und Tagträumen. Die ganze Zeit. Das Haus, in dem ich wohnte, versuchte ständig, mich in der Wirklichkeit festzunageln, aber ich wehrte mich und entschwebte. Ich würde da *nicht* leben. Ich würde nicht gestatten, dass es im Leben nur die Orton Road gab. Ich würde nicht erlauben, dass die Menschen mich ansahen und dachten: »Ach ja, Orton Road.« Die Vorstellung, dass das Haus, in dem ich wohnte, seinen Abdruck auf meinem Wesen hinterließ, war wie ein Fluch. Ich wusste zu dem Zeitpunkt schon, dass man von dem Anblick, den ein Mensch bot, nicht darauf schließen konnte, in was für einem Haus er lebte. In meiner Schule gab es Mädchen, die in den unterschiedlichsten Häusern wohnten, und solange ich sie nicht in ihrem Zuhause besucht hatte, konnte ich es nicht erraten. Ein vornehmer Akzent war im Carlisle der Fünfzigerjahre selten, sodass die Stimme wenig über das Viertel aussagte, in dem ein Mädchen aufwuchs. Auch der Zustand der Schuluniform sagte nichts aus – es gab keine teuren Sportsachen, und wenn manches ungepflegt war, konnte das auch Absicht sein. Nein, es hatte keinen Sinn zu raten. Allein die Adresse gab Aufschluss.

Alle meine Freundinnen lebten in Häusern, die ihren Eltern gehörten und von unterschiedlichem Wohlstand zeugten. Keine einzige kam aus unserer Siedlung oder einer anderen Sozialbausiedlung, aber das wusste ich nicht, als ich mich mit ihnen anfreundete. Es war Zufall. Zu gerne ging ich mit zu ihnen nach Hause, denn alles, was mit Häusern zu tun hatte, faszinierte mich nach wie vor. Die Mädchen hatten nicht nur alle ein eigenes Bett, sondern ein ganzes Zimmer für sich, in das sie sich zurückziehen konnten und wo sie tun und lassen konnten, was sie wollten. Oft waren das winzige Zimmer, aber die Mädchen hatten entscheiden dürfen, in welcher Farbe es gestrichen und was an den Wänden aufgehängt wurde. Damals hatte ich noch nicht von Virginia Woolfs Buch *Ein Zimmer für sich allein* gehört, aber in den Zimmern meiner Freundinnen begriff ich, wie sehr sie um diese zu beneiden waren. Man konnte in das Zimmer gehen, die Tür zumachen, für sich sein. Was konnte eine Zwölfjährige schon von einer Privatsphäre haben? Nicht viel, außer dem Vergnügen, sich den Augen der Erwachsenen und der Störung durch lästige Geschwister zu entziehen. Bei meinen Freundinnen lümmelten wir uns auf dem Bett und unterhielten uns, und das war alles. Später kamen wir wieder raus und machten eine Miene, als wäre etwas Wichtiges erreicht worden. Wir zogen durch die anderen Zimmer, ließen aber den Strom belanglosen Geplappers nicht abreißen. In diesen Zimmern gab es Dinge, die ich noch nie gesehen hatte, Cocktailschränke und Grammofongeräte, und im Flur war immer ein Telefon. In jeder Küche stand ein Kühlschrank, und die Freundinnen rissen die Tür auf und boten mir kalte Orangenlimonade an. Ich gewöhnte mich nie richtig an diese Großzügigkeit, konnte mich nie unbefangen in den Häusern bewegen, immer hatte ich das Gefühl, ich müsste auf Zehenspitzen gehen und darauf achten, dass ich nichts von alldem zerstörte.

Ich lud meine Freundinnen vom Gymnasium nie in die Orton Road ein. Ich erklärte nicht, warum. Sie fragten auch nicht oder machten Bemerkungen, dass es nett wäre, wenn ich ihre Gastfreundschaft erwiderte. Es lag weniger daran, dass es mir peinlich war, wo wir wohnten – obwohl das, muss ich zu meiner Schande gestehen, auch der Fall war –, sondern dass ich nicht wusste, was wir machen würden, wenn wir zu mir nach Hause kamen. Wohin würde ich mit meiner Freundin gehen? Ich hatte kein eigenes Zimmer, außerdem war es in unserem kleinen Schlafzimmer fast das ganze Jahr über zu kalt. Alles Ausflüchte, sicher, aber sie kamen mir echt vor. Es gab überhaupt keinen Grund, warum ich mit einer Freundin nicht im Wohnzimmer hätte sitzen können. Meine Mutter wäre freundlich und höflich gewesen und hätte uns von ihrem ausgezeichneten, frisch gebackenen Kuchen angeboten, und meine Schwester, die ziemlich schüchtern war, hätte still dabeigesessen, zu einer Tageszeit, zu der mein Vater und mein Bruder bei der Arbeit gewesen wären. Es war also dumm von mir, außerdem eingebildet. Ich wusste sogar, dass es eingebildet war, und war mir der Schande bewusst, aber ich gab dem *Haus* die Schuld, nicht mir selbst.

Allerdings war es keine Einbildung, dass die Siedlung um 1950 herum in einen schlechten Ruf geriet. Das Ideal der »Gartenstadt« war dahin. In den zwanzig Jahren, seit die Siedlung mit so hohen Ansprüchen und solcher Sorgfalt erbaut worden war, hatte sie sich deutlich verändert. Immer noch gab es Häuser wie unseres, die tadellos in Schuss gehalten wurden, aber es gab viele andere, die verwahrlost aussahen. Noch war keine Drogenkultur entstanden, auch Banden gab es nicht, aber einige der Straßen sahen heruntergekommen aus, und die Geschäfte hatten nie richtig floriert. Alkoholprobleme waren nicht selten und führten zu Straßenschlägereien, auch in unserer Straße, und an Freitag- und Samstagabenden waren Polizeiwagen kein ungewöhnlicher Anblick. Der Ruf, den die Siedlung sich erwarb, war zum Teil ungerecht, aber er blieb haften. Zwischen den Menschen, die hier lebten, wurde kein Unterschied gemacht, und man sagte, es liege an ihnen, den Menschen, die hier lebten, den Problemfamilien, den Proleten, denen alles egal war. Wir waren weder eine Problemfamilie noch Proleten, aber wir kamen aus der Siedlung, das reichte für manche Leute.

In Carlisle gab es noch andere Sozialbausiedlungen, jede mit ihrem eigenen Ruf. Longsowerby war angeblich die beste. Die Siedlung, 1922 erbaut, war die erste in Carlisle, und damals waren die Häuser ohne Weiteres mit Innentoiletten und (manche auch) mit einem zweiten Wohnzimmer, einer »guten Stube«, ausgestattet worden. Es war eine Vorzeigesiedlung, die bis in die Fünfzigerjahre ihren Standard gehalten hatte. Sie bestand aus nur sechshundert Häusern, und von Anfang an hatten Menschen, die auch auf dem privaten Sektor hätten mieten können, hier gewohnt und den Ton angegeben. Dorthin wollte auch meine Mutter ziehen, aber wenn man in Raffles wohnte, wurde einem ein Umzug schwer gemacht. Doch 1952 bestand die dringende Notwendigkeit. Mein Bruder würde in Kürze, nach Ableistung des Wehrdiensts, nach Hause kommen, und wenn er sein Schlafzimmer wieder in Besitz nahm, mussten meine Schwester und ich zurück in das Bett-in-der-Wand im Schlafzimmer meiner Eltern ziehen, es sei denn, mein Bruder würde sein Zimmer an uns abtreten und im Wohnzimmer schlafen. Beide Lösungen waren nicht gerade attraktiv.

Also fing meine Mutter an, Briefe ans Wohnungsamt zu schreiben und gleichzeitig in der Lokalzeitung nach Tauschangeboten zu suchen. Sie schrieb einen guten Brief, in dem sie alle Gründe aufzählte, die dafür sprachen, warum wir in ein neues Haus umziehen sollten, wenn möglich, in eines in der Longsowerby-Siedlung. Einer der Gründe, die sie anführte, war in meinen Augen ein Fehler. Sie schrieb, ihr Schwiegervater, der seit Kurzem verwitwet sei und in einem privaten Reihenhaus am Rande der Longsowerby-Siedlung lebe, sei kränklich und bedürfe der Pflege. Ich dachte, das Amt könnte argumentieren, wenn der Schwiegervater pflegebedürftig sei und ein eigenes Haus habe, könnten wir doch einfach bei ihm einziehen. Problem gelöst. Aber dieser Vorschlag wurde nicht gemacht, zum Glück. Meine Mutter wäre von der Vorstellung entsetzt gewesen, sie verabscheute das dunkle, schmale Haus meines Großvaters, das keinen Garten hatte, sondern nur einen Hof, der auf eine dahinterlaufende Gasse führte. Ich hatte ihre Abneigung nie richtig verstanden. Wenn ich an das Haus meines Großvaters dachte, sah ich nur die Anzahl der Räume – drei Schlafzimmer, zwei Wohnzimmer – und die Adresse: nicht in einer Sozialbausiedlung. Ich wollte nicht mit ihm in einem Haus wohnen – er war ein griesgrämiger, brummiger Mann –, aber ich hatte die Idee, dass er in unser Haus in der Orton Road ziehen könnte. Ich musste mir sagen lassen, das sei eine lächerliche Idee. Das Wohnungsamt hatte für meine Mutter nur den Rat, in der *Cumberland News* einen Tausch anzubieten.

Und das tat sie. Freitags studierte sie außerdem die »Tausch gewünscht«-Spalte. Tauschangebote gab es jede Menge, aber während in allen Siedlungen in Carlisle Häuser mit drei Schlafzimmern sehr begehrt waren, wollte niemand ein Haus mit zwei Schlafzimmern und einer Außentoilette. Schon gar nicht in Raffles. Plötzlich ergab sich doch die Möglichkeit für einen Tausch. Die Spannung, die in unserem Haus entstand, war unglaublich. »Macht euch keine Hoffnungen«, befahl unsere Mutter uns, aber sie selbst hatte offensichtlich Hoffnung. Anscheinend wollte ein Mann, der nur ein Bein hatte, in die Nähe seiner Tochter ziehen, die in Raffles wohnte. Er selbst wohnte in der Richardson Street, Longsowerby, und genau dorthin wollte meine Mutter ziehen. Anscheinend war es von enormer Bedeutung, dass wir in unserem Badezimmer eine Badewanne hatten – Waschbecken und Toilette waren nicht so wichtig. In der Zeit, als über diese Tauschmöglichkeit debattiert wurde, schien auch das eine Bein des Mannes ungeheuer wichtig zu sein, doch was es mit der Sache zu tun hatte, kann ich mir jetzt nicht mehr vorstellen. Offenkundig hatte er seit 1928, anfangs mit beiden Beinen, in dem Haus in Longsowerby gewohnt und das eine Bein im Zweiten Weltkrieg verloren. Nicht nur hatte sein Haus drei Schlafzimmer und eine »gute Stube«, es hatte eine gute Stube *mit einem Erkerfenster*.

Sollte der Tausch zustande kommen, würden wir mehr Miete zahlen müssen, was große Besorgnis auslöste. Konnten wir das Geld aufbringen? Gerade so, wenn mein Vater noch mehr Überstunden machte. Irgendwann schlug meine Mutter vor, die als Sekretärin im Gesundheitsamt der Stadt gearbeitet hatte und einmal drei Monate lang eine Vertretung übernommen hatte, sie könne wieder arbeiten, aber mein Vater wies das weit von sich. Davon wollte er nichts hören. Ich glaube, meine Mutter hätte gern wieder gearbeitet, aber sie lehnte sich nicht auf.

Endlich war der Tausch besiegelt und ein Datum festgelegt, und meine Mutter war entschlossen, das Haus in der Orton Road in blitzsauberem Zustand zu verlassen. Die Putzaktionen in diesen letzten Wochen hatten etwas Grimmiges, dabei fand ich, das Haus sei bereits makellos sauber. Sie bestand darauf, dass mein Vater das Wohnzimmer frisch strich, falls die Umrisse von unserem zerbeulten alten Sofa, wenn es von der Wand abgezogen wurde, zu sehen seien. Ich selbst half mit und schrubbte auf Knien das Linoleum in unserem Zimmer.

Es gab nicht viel zu packen, aber immerhin füllte unser Zeug den Lieferwagen, den mein Bruder sich lieh. Meine Mutter wollte unsere alten Möbel nicht mitnehmen (»armseliger Krempel«, sagte sie), aber da es ausgeschlossen war, dass wir neue Möbel kaufen konnten, musste alles mit, was wir hatten. Ich weiß nicht, wie es für sie war, das Haus zu verlassen, in dem sie die einundzwanzig Jahre seit ihrer Heirat gelebt hatte. Ich jubilierte, denn ich sah einfach nur die enorme Verbesserung und empfand keinerlei sentimentale Gefühle für das Haus. Meine Mutter hatte, wie es anders nicht sein konnte, Erinnerungen, die aus dem kleinen Haus mehr machten als die Steine, aus denen es gebaut war. Ihre eigene Mutter war darin gestorben, ich war dort geboren. Genau wie ich hatte sie gute Freundinnen im Inglewood Crescent, auf der anderen Seite der Straße. Sie könnte sich weiterhin mit ihnen treffen, aber man müsste sich verabreden, spontan vorbeizukommen wäre nicht mehr möglich.

Und was meinen Vater betraf, so war der wegen der zusätzlichen Miete und der Umzugskosten besorgt (worin die bestanden, wusste ich nicht), und dann gab es etwas an dem Haus des Einbeinigen, in das wir einzogen, was ihm überhaupt nicht behagte: Es lag gegenüber vom Friedhof.

Viele Jahre nachdem ich das Haus meiner Geburt verlassen hatte, stieß ich in *Wiedersehen in Howards End* von E. M. Forster auf eine Bemerkung, die mir absonderlich vorkam. In dem Roman sagt eine Gestalt: »Kann denn die sogenannte Zivilisation noch richtig sein, wenn die Menschen nicht einmal mehr in dem Zimmer sterben dürfen, in dem sie geboren wurden?« Die Vorstellung, in dem Zimmer in der Orton Road zu sterben, auch nur den Wunsch zu haben, in dem Zimmer, wo ich geboren war, zu sterben, fand ich befremdlich.

Aber einmal, in den Achtzigerjahren des letzten Jahrhunderts, als ich für die Wochenendbeilage einer Zeitung in der Reihe »Das Haus meiner Kindheit« einen Beitrag schrieb, bin ich zu dem Haus zurückgekehrt. Natürlich war ich, seitdem wir dort weggezogen waren, oft an dem Haus vorbeigegangen – wenn wir nach Carlisle fuhren, was wir regelmäßig taten, machten wir immer eine Nostalgietour zu all den Stätten, die eine Bedeutung für unsere Familie hatten –, und deshalb war es keine besondere Überraschung zu sehen, dass sich die Orton Road seit 1952, als wir dort ausgezogen waren, stark verändert hatte. Den wunderbar gepflegten Garten meines Vaters gab es nicht mehr. Kein kurz geschnittener Rasen, keine Beete mit Lupinen und Dahlien (oder meinetwegen Kohlköpfen), keine sauber gestutzte Ligusterhecke. Im Gegenteil, ein Lieferwagen war durch die geheiligte Hecke gefahren worden und stand auf dem ehemaligen, früher sorgfältig gemähten Rasenstück, das jetzt dicht mit Unkraut bewachsen war. Der Weg ums Haus mit den größtenteils zerbrochenen Platten war übersät von vollgestopften Müllsäcken, und das Gestell, früher mit Rosen berankt, lag zersplittert auf dem Boden. Dem Anschein nach lag es schon viele Jahre dort, denn es steckte zur Hälfte im Schlamm. In allen Zimmern waren die Vorhänge zugezogen, obwohl es zwei Uhr am Nachmittag war. Das blaue Graffito an der Seitenmauer war teils mit schwarzen Strichen übermalt.

Die Beilage hatte einen Fotografen mitgeschickt – zu der Serie gehörte ein Foto von dem Schriftsteller vor seinem früheren Haus –, und der sagte, wir sollten klopfen – es gab keine Klingel – und erklären, was wir vorhatten. Das beunruhigte mich. Es war nicht Teil des Auftrags, so wie ich ihn verstanden hatte. Ich war lediglich gebeten worden – und zu mehr hatte ich mich auch nicht bereit erklärt –, über mein altes Leben in diesem Haus zu schreiben. Ich hatte gehört, dass Raffles inzwischen eine gefährliche Gegend sei, wo Drogenhändler lebten, und dem Anblick der Straße nach zu urteilen, lebten einige von ihnen genau hier. In einem Zeitungsartikel hatte es sogar geheißen, Raffles in Carlisle stehe auf derselben Stufe wie Toxteth in Liverpool und die Siedlung Broadwater in Tottenham. Ich wollte die Bewohner wirklich nicht aufschrecken. Aber der Fotograf bestand darauf, deshalb bat ich ihn, doch selbst zu klopfen. Ich verstand nicht, warum wir nicht schnell ein Foto machen und dann unverzüglich wieder gehen konnten.

Er klopfte. Keine Antwort. Er klopfte fester und länger. Gerade als er aufgeben und einfach das Foto machen wollte, wurde oben ein Fenster laut aufgerissen, und eine wütende Frauenstimme schrie: »Wer ist da? Was wollen Sie, verdammt? Verpissen Sie sich!« Der Fotograf sagte, er wolle einfach nur ein Bild von Margaret Forster machen, die früher in dem Haus gewohnt hatte, für die Reihe über –. Da wurde ihm das Wort abgeschnitten. »Machen Sie, was Sie wollen, aber halten Sie das Maul«, bellte dieselbe wütende Stimme, und das Fenster wurde zugeknallt. Ist es ein Wunder, dass ich auf dem Foto angespannt und beunruhigt wirke? Ich konnte kaum still stehen, geschweige denn lächeln. Ich wollte einfach nur schnell weg, aber wie bei Zeitungsfotografen nicht anders zu erwarten, reichte das eine Bild nicht. Er ließ nicht locker und verlangte, dass ich erst vor der Haustür posierte, dann vor dem Fenster, und als er mich gerade beim Gartentor platzieren wollte, hielt ein Auto mit kreischenden Bremsen, und ein Mann stieg auf der Beifahrerseite aus. Er war nicht groß, aber kräftig, wirkte aggressiv und stieß das Tor, das lose in den Angeln hing, unnötig heftig auf. Bevor der Mann etwas sagen konnte, fing der Fotograf an zu sprechen und sagte dasselbe Sprüchlein auf wie zuvor zu der Frau. Der Mann runzelte die Stirn, als spräche der Fotograf eine fremde Sprache und er müsste sich das Gesagte erst übersetzen, bevor er entscheiden konnte, was er tun wollte. Ich dachte, er könnte, falls er in dem Haus wohnte, für die Erlaubnis zu fotografieren Geld verlangen. Hatte er das Recht dazu? Würde der Fotograf ihm zehn Pfund geben? Meine Bedenken erwiesen sich als grundlos. So plötzlich, wie der Mann gekommen war, ging er wieder, und nachdem er etwas zu dem Fahrer gesagt hatte, bog das Auto in die Dalton Avenue und fuhr weg.

Seitdem bin ich mehrmals an dem Haus vorbeigefahren, immer ziemlich schnell, und immer traurig. Ich hatte gedacht, ich hätte keine Gefühle für das Haus und es würde mir nichts bedeuten, doch dann stellte ich fest, dass sein verfallener, verwahrloster Zustand mich bekümmerte. Es schien etwas immens Trauriges zu symbolisieren, aber ich wusste nicht genau, was – vielleicht einfach die Enttäuschung, dass ein so ehrgeiziges Projekt so enden musste. Wann und warum hatte sich diese durchgreifende Wandlung in Raffles vollzogen?

Als das Foto gemacht wurde, schien das Haus, in dem ich geboren war und vierzehn Jahre gelebt hatte, dem Untergang geweiht.

Richardson Street

Longsowerby
Carlisle

Das Haus in der Sozialbausiedlung, in das wir im Oktober 1952 einzogen, lag gegenüber vom Friedhof von Carlisle. Es stand oben auf dem Hügel, ganz in der Nähe des ziemlich imposanten Eingangs. Am Fuß des Hügels gab es einen Pfad, der durch Wiesen zum Caldew führte, sodass wir am Fluss entlang bis nach Cummersdale gehen konnten. Das Haus hatte also eine gute Lage, solange der Friedhof gegenüber und die Bestattungsfahrzeuge, die regelmäßig vorbeifuhren, nicht als zu deprimierend empfunden wurden.

Mich deprimierten sie nicht im Mindesten. Ich war mit dem Friedhof von früh auf vertraut, weil meine Mutter mit mir jede Woche zu den Gräbern ihrer Eltern ging. Ich begleitete sie gern dorthin. Für mich war der Friedhof ein Park mit lauter verborgenen Pfaden zwischen den Grabsteinen. Er war wunderbar gepflegt, mit üppigen Beeten entlang des Hauptwegs, wo im Sommer eine Vielfalt von bunten Blumen blühte. Es gab Pappeln und Nadelbäume, dazwischen Eichen und Eschen, sodass alles in tiefem Grün lag, und ganz oben, hinter den Reihen von Kreuzen für die Kriegstoten, hatte man einen herrlichen Blick zu den Fells, wie die Berge hier heißen. Als Kind fand ich, dass dies ein guter Ort war, um tot zu sein – wenn man schon tot sein musste. Ich übernahm gern die Aufgaben, die meine Mutter mir auftrug, wenn wir zu den Gräbern ihrer Eltern kamen. Die Beste war, aus einem Becken in der Nähe Wasser zu holen und die Metallvase vor dem weißen Grabstein damit zu füllen. Jede Woche stellten wir dort Blumen hinein, und der kleine Rasen auf dem von weißen Marmorsteinen eingefassten Fleck, wurde von meiner Mutter sorgfältig geschnitten. Um uns herum waren andere ebenso beschäftigt wie wir, denn jeder wollte, dass die Gräber so hübsch wie möglich aussahen. Mein Vater fand das krank, aber er hatte eigene Gründe, warum er manchmal über den Friedhof ging. Er mochte gern zum Grab seines Großvaters gehen, wo sein eigener Name ihn anzog, Arthur Forster. Er hatte sich das Alter seines Großvaters, neunzig, zum Ziel gesetzt (das er erreichte und dann überschritt; er starb mit sechsundneunzig). Auf dem Friedhof gab es viele Gräber mit dem Namen Forster, die ich mit der Zeit als Wegmarken erkannte, allerdings nicht so viele wie die mit dem Mädchennamen meiner Mutter – Hinds. Aus meiner Sicht hatte der Friedhof nichts Unheimliches, und es machte mir nichts aus zu sagen, dass wir gegenüber vom Friedhof wohnten. Mir war es recht, vom Schlafzimmerfenster aus über die Mauer zu gucken, auf die Toten.

Das Haus war zweifellos eine Verbesserung gegenüber dem, das wir verlassen hatten, doch sein Zustand war es nicht. Die Zimmer waren unglaublich schmutzig und verkommen, aber die Möglichkeit, vor unserem Einzug sauber zu machen, bestand nicht, deshalb mussten wir sofort anfangen, den Schmutz von Fußböden und Wänden zu schrubben und alle Flächen zu wischen. Das berühmte und ersehnte Innenklo musste mehrmals mit Chlorreiniger und harter Bürste behandelt werden, bevor es nicht mehr einfach nur eklig war. Meine Mutter, die das Haus in der Orton Road selbstverständlich in perfektem Zustand verlassen hatte, war außer sich. Mit ihrem ausgeprägten Reinlichkeitsanspruch wurde sie in dem Haus buchstäblich krank, und sie war diejenige, die den ganzen Tag dort verbrachte, wir anderen konnten ja fliehen, zur Schule oder zur Arbeit. Zudem war es ein nasser und kalter Oktober, was alles noch schlimmer machte, und in den ersten Wochen graute mir davor, nach Hause zu kommen (obwohl ich mir nie wünschte, wieder in der Orton Road zu sein, so sauber es da auch war).

Ganz allmählich vollzog sich die Wandlung des Hauses, alle Wände wurden gestrichen oder tapeziert, eine Arbeit, die mein Vater nach seinen langen Schichten in der Fabrik übernahm. Nach sechs Monaten kamen die sogenannten Verschönerungen dran. Die der Türen, zum Beispiel, an denen ich nichts auszusetzen fand. Es waren normale Holztüren, die aus vier Planken bestanden. Aber meine Mutter wollte ein glattes Türblatt. Zu dem Zweck musste über die Planken ein dünnes Sperrholzblatt gelegt werden. Ihren Wunsch, den offenen schwarzen Kamin, ähnlich dem, den wir in der Orton Road hatten, loszuwerden, verstand ich besser. Das Schwärzen des Kamins war nach wie vor eine scheußliche Arbeit, die aber getan werden musste, und meine Mutter tat sie. Das Geld für einen modernen Kamin hatten wir zu der Zeit nicht.

Eines Tages, als meine Mutter gerade den Kamin schwärzte, kam mein Großvater George vorbei. Das machte er gelegentlich, seit wir im oberen Teil seiner Straße wohnten (im unteren Teil standen Privathäuser, weiter oben, nach der Kurve, die Sozialbausiedlungshäuser). Er kam nicht, um sich zu unterhalten. Er war auf dem Friedhof gewesen, wo er das Grab seiner Frau besucht hatte, und er stellte sich in die hintere Tür und wartete, bis meine Mutter kam und ihn fragte, ob er eine Tasse Tee wolle. Sie wusste genau, dass er den Kopf schütteln oder einfach nur knurren würde. Danach gäbe es einen unbehaglichen Moment, in dem er, wenn er gesprächig war, eine Bemerkung über das Wetter machte – »nass« –, dann würde er gehen. Aber als meine Mutter an diesem Morgen nicht zur Tür kam, ging er ins Haus und sah sie auf Knien beim Schwärzen des Kamins. Meine Mutter sagte, er habe einfach dagestanden und geguckt und wie üblich nichts gesagt, und bevor sie fertig war, sei er gegangen. Später am selben Tag kam er noch einmal. Als mein Vater hörte, dass der Griff an der Tür hinten gedrückt wurde, ging er hin und kam mit der verblüffenden Nachricht wieder herein, dass ein neuer Kamin bestellt worden sei und in der Woche darauf eingebaut würde. Der Kamin nannte sich Osborne All-Tile und hatte einen Stahlrost. Welche Verzückung! Ich war begeistert, so wie meine Mutter auch. Der schwarze Kamin, der mir wie ein Stigma im Haus vorgekommen war, besaß für mich keine Schönheit. Als der neue Kamin kam, bewunderte ich ihn zusammen mit den anderen und übersah dabei, wie billig und hässlich er war.

Der Verdacht wuchs, dass mein Großvater mit dem Alter spendabel wurde. Dass er einen neuen Kamin gekauft hatte, konnte mit seiner unbestreitbaren Zuneigung zu meiner Mutter erklärt werden. Diese Zuneigung war nie in Worten ausgedrückt worden, und bis zu dem Zeitpunkt hatte meine Mutter keine Anzeichen erhalten, dass sie existierte, aber mit Sicherheit war es so. Für seinen nächsten Akt untypischer Großzügigkeit gab es jedoch keine so leichte Erklärung.

Eines Tages, als er uns einen seiner verstörenden Besuche abstattete, saß ich in der »guten Stube«, mit einem Brett auf den Knien, und machte meine Hausaufgaben. Er war ins Haus gekommen, um die Handwerksarbeit meines Bruders zu bewundern, der unter dem Erkerfenster Bücherregale eingebaut hatte. Natürlich sagte er kein Wort, aber er gab (später) die Anweisung, dass wir »Dienstag zu Hause« sein sollten. Ich war in der Schule, aber als ich nach Hause kam, sagte mir meine Mutter lächelnd, ich solle »mal in der guten Stube gucken«. Großvater George hatte einen Sekretär gekauft. Kein antikes Stück, sondern eine Reproduktion, neu und poliert, mit einer Klappe, die man herunterlassen konnte, sodass ich darauf meine Hausaufgaben machen konnte, und lauter kleinen Fächern, in denen man Stifte und Gummibänder und Büroklammern aufbewahren konnte. Der Sekretär machte deutlich, was das Haus und dieses Zimmer für mich sein würde: ein Ort des Lernens.

Das waren die Jahre 1952 bis 1956, jedes einzelne bestimmt von meinem Ehrgeiz und der Entschlossenheit, in der Schule gute Ergebnisse zu bekommen. Als ich einmal mit dem Fahrrad von der Schule losfuhr und nur mit Mühe die Balance halten konnte, weil der Korb vorne mit Büchern überladen war, rief ein Mädchen hämisch: »Streberin!«, und ich nickte. Richtig, ich war eine Streberin. Eine Lehrerin hatte mir gegenüber das Wort »Universität« erwähnt, und obwohl ich nur eine sehr ungefähre Vorstellung von dem hatte, was eine Universität war, übte der Gedanke, von zu Hause wegzugehen und an der Universität zu studieren, einen großen Reiz auf mich aus. Ich ging gern zur Schule, und Universität hörte sich für mich wie eine Weiterführung von Schule an, mit vielen zusätzlichen Vorzügen. Ich befürchtete, dass ein Universitätsstudium Geld kosten würde, und da ich keins hatte und meine Familie mit Sicherheit auch nicht (die Geldbörse meines Großvaters, so vermutete ich, reichte für Kamine und Sekretäre, aber wahrscheinlich nicht für mehr), würde ich nicht zur Universität gehen können, selbst wenn ich zugelassen würde, aber man erklärte mir, ich könnte ein volles Stipendium bekommen, weil mein Vater so wenig verdiente (nicht dass es so deutlich gesagt wurde). Vielleicht käme ich sogar für ein staatliches Stipendium infrage. Von dem Moment an war ich entschlossen, zur Universität zu gehen. Ich musste mich nur konzentrieren und fleißig arbeiten.

Das kostete keinerlei Selbstüberwindung. Ich lernte gern und musste mich nicht dazu zwingen. Jeden Abend saß ich in der guten Stube (sie wurde immer so genannt – nie wurde sie zu einem gewöhnlichen Wohnzimmer), machte meine Hausaufgaben und las anschließend. Ich suchte die Bücher nicht selbst aus. Eine Lehrerin beriet mich und stellte mir auf meinen Wunsch eine Liste der Bücher zusammen, die eine belesene Person gelesen haben sollte. Bis dahin hatte ich mir Bücher in der Bibliothek von den Regalen genommen, und bis zu einem gewissen Punkt war das in Ordnung, aber dieser Punkt war erreicht. Ich hatte Glück, dass ich in unserem neuen Haus ein Zimmer zum Lernen hatte und nicht mehr in einem eiskalten Schlafzimmer sitzen musste. Ich hatte sogar ein Gasheizgerät, das in der Ecke stand und gefährlich spuckte und zischte und dessen weiße Röhren abwechselnd orange und rot wurden, aber es verbreitete eine angenehme, wenn auch wahrscheinlich ungesunde Wärme. Manchmal hörte ich, wie mein Vater zu meiner Mutter sagte: »Verbrennt sie mit dem Heizding wieder unser Geld?«, aber ich wurde nie aufgefordert, es auszustellen.

Abends saß ich in der guten Stube, wenn ich mit meinem berühmten Lernen längst fertig war, und tat so, als wäre es mein eigenes Zimmer. Wenn sich jemand anders aus der Familie hineinwagte, warf ich ihm böse Blicke zu. Wussten sie nicht, dass dieses Zimmer dem Streben nach Wissen gewidmet war? Was wollten sie hier? Sie kamen herein, setzten sich in einen der beiden Sessel oder stellten sich ans Fenster und guckten hinaus, und dann knickten sie unter meinem stummen Blick ein und gingen wieder. Sie fühlten sich im Wohnzimmer nebenan viel wohler, beschwichtigte ich meine Schuldgefühle, wo es ein echtes Feuer und das Radio gab, sie brauchten nicht in der guten Stube zu sein. Gordon kam selten herein, und dann nur, um die Regale zu bewundern, die er gebaut hatte und in denen jetzt seine Book-Club-Bücher standen, die er während seines Wehrdienstes in der Royal Air Force gesammelt hatte. (Ich hatte aus diesen Büchern eine Menge gelernt – eins war *Die Nackten und die Toten* von Norman Mailer.) Aber meistens kam er nur eilig ins Haus und rannte bald wieder los, denn während der Woche arbeitete er in einem Fotoladen und an den Wochenenden fotografierte er bei Hochzeiten. Pauline war diejenige, die nebenan bei meinen Eltern saß, und sie schien, zu der Zeit zumindest, zufrieden mit deren Gesellschaft. Aber meine Mutter begann sich Sorgen zu machen, dass es für einen Teenager nicht gesund sei, so viel im Haus zu sitzen und stundenlang zu lesen. Ich sollte rausgehen. Raus – wohin? Einfach raus, an die frische Luft, aber sie meinte nicht, dass ich frische Luft brauchte. Zwar sagte sie nicht, dass für ein Mädchen in meinem Alter die Stubenhockerei unnormal sei, aber das meinte sie. Ich reagierte, indem ich sie wörtlich nahm. Frische Luft? Gut. Ich ging raus und wanderte eine halbe Stunde über den Friedhof. Zufrieden? Dann ging ich wieder in die »gute Stube«. Ich würde ja nicht ewig dort sitzen. Bald würde ich aus dem Haus ausziehen.

In meinem letzten Sommer zu Hause war es etwas besser. Ich nahm meine Bücher mit nach draußen – reichlich frische Luft – und breitete mich auf dem Rasenfleckchen aus, das mein Vater ausgespart hatte und um das herum Lauch- und Blumenkohlbeete angelegt waren, die die Ernährung der Familie sichern sollten. Er hatte viel Arbeit in den Garten gesteckt, der in einem ähnlich beklagenswerten Zustand gewesen war wie das Haus. Der Garten war viel besser als der in der

Orton Road, denn er lag vollständig hinter dem Haus und war von einer hohen Hecke umgeben. Auch hier gab es keine echte Abgeschiedenheit, aber immerhin eine vorgetäuschte, und dafür war ich dankbar. Ich war auch dankbar, dass wir in diesem Haus wohnten, aber doch nicht dankbar genug. Ich war gierig. Ich wollte mehr, vor allem wollte ich ein eigenes Zimmer und ein eigenes Bett, aber wenigstens war ich realistisch genug zu begreifen, dass es noch sehr lange dauern würde, bis ich mein eigenes Haus haben konnte. Mir war aufgegangen, dass selbst Menschen in gehobenen Berufen sich nicht immer ein eigenes Haus leisten konnten – Lehrer zum Beispiel. Ich hatte immer geglaubt, dass Lehrer zwar nicht reich, aber doch wohlhabend genug seien, um ein Haus zu besitzen. Aber eine unserer Lehrerinnen hatte uns zu sich nach Hause eingeladen und Dias von ihrer Reise nach Frankreich und Italien gezeigt, die sie in den Sommerferien gemacht hatte, und ihr »Zuhause« war, so stellte sich heraus, eine Einzimmerwohnung in der Warwick Road. Dort wohnte sie seit drei Jahren. Mir schien das unerklärlich, aber andererseits hatte ich auch keine Ahnung, wie viel Lehrer verdienten und was das billigste Haus kostete.

Offensichtlich gab es eine Menge über Hauskauf und Hausbesitz zu lernen. Das Kinderspiel, bei dem ich die Norfolk Road entlangging und im Geiste in die Häuser einzog, hatte aufgehört, aber die Ungerechtigkeit, die mit dem Besitz von Häusern einherging, ließ mich nach wie vor nicht los. Es wurde ein neues Gesetz gebraucht, beschloss ich (ohne auch nur das Geringste über schon bestehende zu wissen). Diesem Gesetz zufolge wäre es illegal, wenn eine Person allein in einem großen Haus wohnte, während eine große Familie sich in ein kleines quetschen musste. Das war nicht gerecht, und es sollte für alle gerecht sein. Aber das »Für alle gerecht«

machte mir Kummer. Ich sah Schwierigkeiten voraus. Wäre es gerecht, meinen Großvater aus seinem Haus zu vertreiben? Er war sechsundsiebzig Jahre alt und hatte 1920 – damals arbeitete er als Mechaniker bei Pratchetts, einer Maschinenbaufirma – das Haus in der Richardson Street 84 gekauft, wo er seitdem lebte. Das Haus kaufen zu können war ein Triumph gewesen, er hatte ihn sich im Schweiße seines Angesichts erarbeitet. Ich bezweifelte, dass er eine besondere Zuneigung zu dem Haus selbst hatte, aber es gehörte ihm, und Hausbesitzer zu sein war von beträchtlicher Bedeutung. Die Unbequemlichkeiten des Hauses (davon gab es viele) schienen ihn nicht zu stören. Daran war er gewöhnt. Es machte ihm nichts aus, auch jetzt noch Wasser in einem großen, schwarzen Kessel zu kochen, der an einem Haken über dem Feuer hing, und jedes Mal, wenn er die Teekanne füllte, eine Verbrühung zu riskieren. Abgesehen von dem offenen Feuer hatte er keine andere Form von Heizung – für die Zeit, seine Zeit, normal. Aber wäre es nach meinem neuen, erfundenen Gesetz richtig, ihn aus dem Haus zu werfen und eine Familie dort wohnen zu lassen? Natürlich nicht.

Ich durfte mir nichts vormachen. Das Haus meines Großvaters war für ihn bestimmt voller schmerzlicher Erinnerungen, voll der Klagen seiner Frau, die jahrelang mit rheumatoider Arthritis (und verschiedenen anderen Krankheiten) in einem Bett im Wohnzimmer gelegen und vor Schmerzen gestöhnt hatte. Würde er nicht lieber aus diesem Haus der Leiden ausziehen? Nein. Ich wusste, die leiseste Andeutung, man könnte ihm sein Haus wegnehmen, würde ihn in helle Wut versetzen. Auch eine Alternative interessierte ihn nicht: ein Haus, das kleiner, wärmer, sauberer war? Nein! Wo er in der Gesellschaft anderer seines Alters wohnen konnte? Nein! Wie würde also mein Gesetzesvorschlag diese Situation handhaben? Ich spielte mit der Idee, dass die Königin mit gutem Beispiel vorangehen und den Buckingham Palace in Wohnungen umwandeln würde, doch selbst wenn sie das tat, war das für Menschen wie meinen Großvater belanglos. Ich sah nicht, wie »für alle gerecht« erreicht werden konnte. Das Nachdenken darüber machte mir Kopfschmerzen. Mein Vorhaben, mich ins Parlament wählen zu lassen und dann Ministerin für Wohnen und Soziales zu werden, verblasste. Häuser waren kompliziert, und ich war nicht imstande, die Fragen von Gerechtigkeit und Besitz zu klären. In diesem Stadium war mein letzter Gedanke der, dass niemand seines Hauses verwiesen werden sollte, der es seit mehr als fünfundzwanzig Jahren hatte und die ganze Zeit darin gewohnt hatte.

Und wenn jemand vierundzwanzig Jahre und sechs Monate dort gewohnt hatte?

Neben der Häuserfrage beschäftigten mich auch andere Dinge: die A-Levels, meine Schulabschlussprüfungen, von denen so viel abhing. Als ich sie hinter mir hatte, im Sommer 1956, kroch ich wie eine Schildkröte ans Licht und näherte mich einem »normalen« Leben an, das ich nach Ansicht meiner Mutter haben sollte. Nicht, dass ich die ganze Zeit keine Freunde gehabt hätte, aber ich war nie Teil einer Gruppe gewesen und hatte nicht die Dinge gemacht, die man in Gruppen macht. Dann, im Sommer nach dem Ende der Schulzeit, schloss ich mich einer Bergwandergruppe an. Hier waren Jungen die Anführer. Wir brachen am Freitagabend auf, übernachteten in einer Jugendherberge, wanderten den ganzen nächsten Tag, übernachteten in einer anderen Jugendherberge und kamen zurück. Ich fand das großartig. Wandern bedeutete oft richtiges Klettern, und schon bald hatte ich, den Rucksack immer auf dem Rücken, im nördlichen Lake District die meisten

»Fells« erstiegen und in allen Jugendherbergen zwischen Keswick, Grasmere und Ullswater übernachtet. Ich fing an, unser Haus so zu behandeln, wie viele Teenager es tun – als einen Ort, wo man baden konnte und ein gutes Essen bekam, anders gesagt als Hotel, das nichts kostete. Manchmal zelteten wir auch, und da es meistens regnete, war ich umso dankbarer für unser Haus. Ein Haus war ein Ort der materiellen Bequemlichkeiten, und das allein zählte.

Einigen schien es in materieller Hinsicht mehr zu bieten, als es tatsächlich der Fall war, denn bei uns wurde eingebrochen. Der Einbrecher ergatterte nur ein paar Münzen aus der Spardose meiner Mutter, einer kleinen blauen Pappdose mit einem Schlitz oben, in die sie gelegentlich Münzen steckte. War die Dose voll, brachte meine Mutter sie zum Pfarrer, der sie an eine Hilfsorganisation weitergab. Der Einbrecher hatte die Dose aufgerissen, was leicht zu bewerkstelligen war, das Münzgeld herausgenommen und die Dose, wahrscheinlich erbost darüber, dass so wenig drin war, auf den Boden geschmissen. Er muss sich verzweifelt nach Schmuck oder anderen Gegenständen umgesehen haben, die er leicht hätte zu Geld machen können, und schnell erkannt haben, dass es keine Wertgegenstände gab. Wie viele Zimmer er durchsucht hatte, konnten wir nicht feststellen. Nichts außer der Spardose war angerührt worden. Er war durch die hintere Tür hereingekommen, die (wie damals üblich in einer solchen Gegend) nicht verschlossen war. Der Riegel war nicht vorgeschoben, denn das Haus war nicht leer. Ich war allein im Haus und schlief. Später sagte mein Vater wütend: »Wir hatten einen Hund, aber er hat nicht gebellt.«

Dass meine Eltern abends nicht zu Hause waren, kam selten vor. An dem Abend waren sie mit der Schwester meiner Mutter, Tante Nan, und deren Mann, Onkel Jack, ausgegangen, und möglicherweise hatte das den Einbrecher in die Irre geführt, denn mein Onkel war in einem Silver Cloud Rolls-Royce vorgefahren und meine Tante trug eine Fuchsstola. Weil Jack es zu etwas gebracht hatte, waren sie inzwischen unsere reichen Verwandten und wollten mit meinen Eltern ausgehen. Mein Vater, der von Autos fasziniert war, aber Jack mit dessen Angeberei über seine Internatsschulbildung und seinen neuen Reichtum nicht ausstehen konnte, hatte eigentlich nicht mitkommen wollen, ließ sich dann aber überreden, weil er unbedingt in dem Auto fahren wollte. Anscheinend waren sie (trotz des angespannten Verhältnisses zwischen meinem Vater und Jack) in ausgelassener Stimmung zurückgekommen und sahen, dass die Haustür weit offen stand. Der erste Gedanke meiner Mutter galt mir, und als sie mich fest schlafend mit einem Buch offen auf dem Kissen neben mir fand, nahm sie den Verlust ihrer Spardose gelassen hin. Nicht aber mein Vater. Er glaubte nicht eine Minute lang, dass ich wirklich geschlafen hatte, aber ich war froh, denn ich hatte tatsächlich geschlafen und nichts mitbekommen.

Vielleicht hatte der Einbrecher auch einen Blick in das Zimmer geworfen, in dem ich schlief, einen Schreck bekommen, weil er geglaubt hatte, das Haus sei leer, und sich schnell aus dem Staub gemacht. Oder vielleicht war er gar nicht nach oben gekommen, weil er mit einem Blick gesehen hatte, dass bei uns nichts zu holen war. Als ein gelangweilter Polizist kam und den Fall aufnahm, wurden reichlich Fingerabdrücke gefunden, der Einbrecher hatte es also nicht für nötig befunden, Handschuhe zu tragen. Wahrscheinlich ein Jugendlicher, der die Gelegenheit nutzte, so die gängige Meinung. Aber wer immer dieser Jugendliche gewesen sein mochte, sein Eindringen veränderte das Gefühl im Haus. Wir hatten Glück gehabt – nichts war gestohlen, nichts zerstört worden –, aber wir fühlten uns in unserem Haus nicht mehr hundert Prozent sicher. Ein Einbruch, so etwas konnte in Stanwix passieren, auf der anderen Seite des Flusses Eden, oder auch in der Norfolk Road, die ganz in der Nähe war, aber in Longsowerby, unserer Siedlung? In was für einer Welt lebten wir? Es gab Grenzen, und die waren soeben überschritten worden. Danach dauerte es abends immer ewig lange, bis alles abgeschlossen war. Wenn ich nach neun nach Hause kommen wollte, musste ich das ankündigen. Vergaß ich das, waren die Türen vorne und hinten, beide mit neuen Riegeln ausgestattet, fest verschlossen, zur Verteidigung unserer Festung.

Kurz darauf starb mein Großvater, und sein Haus, um das ich mir solche Sorgen gemacht hatte, kam zum Verkauf auf den Markt, und der Erlös sollte zu gleichen Teilen meinem Vater und seinem jüngeren Bruder Bob zukommen. Das Haus, das schon in bewohntem Zustand bedrückend gewesen war, mutete jetzt, da es leer stand, doppelt trostlos und deprimierend an. Ich sah es, nachdem alle Möbel und Gegenstände ausgeräumt worden waren – alles direkt zum Trödler, nichts blieb zurück, auch nicht das Crown-Derby-Porzellan, das ich im Glasschrank bewundert hatte –, und es hatte etwas Beängstigendes. An dem Tag schien die Sonne, aber nur wenig Licht drang in die Zimmer. Vor den Fenstern hingen noch die Netzgardinen, die seit Langem nicht gewaschen worden waren. Alle Tapeten waren verschossen und verfärbt, der Holzanstrich war splitterig und zerschrammt. Es war ein Schock zu sehen, als die größeren Möbelstücke entfernt wurden, dass das, was ich als Muster aus hellgrauen Blumen mit Efeu in dunklerem Grau gesehen hatte, früher einmal ein hübsches Rosa mit frischem Smaragdgrün gewesen war. Ich ging auf Zehenspitzen von Zimmer zu Zimmer – das Haus schien vorsichtige Schritte zu verlangen – und bemerkte mit Staunen, dass hier keine Geschichte erzählt wurde außer der von Vernachlässigung und Abgenutztheit. Eine Atmosphäre der allgemeinen Vergänglichkeit durchzog die Zimmer. Was immer in ihnen geschehen war, es hatte keine Spuren hinterlassen. Von manchen Ereignissen wusste ich – die Geburt meines Bruders im vorderen Schlafzimmer, die Krankheit meiner Großmutter und ihre Bettlägerigkeit im Wohnzimmer –, doch davon wurden die Zimmer nicht lebendiger. Am deutlichsten war ein Gefühl von Traurigkeit, aber vielleicht vermitteln die meisten alten Häuser, die in einem solchen Zustand verlassen werden, dieses Gefühl.

Mir war es immer sonderbar vorgekommen, dass meine Mutter ihr erstes Kind, meinen älteren Bruder, in diesem Haus zur Welt gebracht hatte. Warum gebar sie ihn nicht zu Hause, in ihrem Haus in der Orton Road? Oder warum nicht im Haus ihrer eigenen Mutter? Als ich sie danach fragte, sagte sie, Großmutter Agnes habe sich so sehr gewünscht, ihr erstes Enkelkind würde in *ihrem* Haus zur Welt kommen, dass meine Mutter sich dazu bereit erklärt habe. Damals war Agnes natürlich bei bester Gesundheit gewesen und hatte gern für andere gesorgt; meine Großmutter mütterlicherseits hingegen hatte ein schwaches Herz. Außerdem liebte Agnes, die selbst keine Töchter hatte, meine Mutter, und vielleicht war es ein Beweis ihrer Zuneigung, dass sie bei der Entbindung für sie da sein wollte. Jedenfalls war es ein glückliches Ereignis, das hier stattgefunden hatte, und ich versuchte es mir vorzustellen, als ich einen letzten Blick in das leere, schäbige Zimmer warf, aber diesmal versagte meine Vorstellungskraft.

Anscheinend wirkte das Haus auf Interessenten ähnlich abschreckend wie auf mich, denn es dauerte lange, bis sich ein Käufer fand, und der erzielte Preis lag weit unter dem erwarteten. Mein Vater, plötzlich ein starker Verfechter des Rechts der Erstgeburt, empörte sich, dass nach dem testamentarischen Willen seines Vaters die Summe zu gleichen Teilen zwischen ihm und seinem Bruder aufgeteilt werden sollte. Das war verkehrt. Er war der älteste Sohn, er hatte ein Anrecht auf das Familienhaus. Zu dem Zeitpunkt hatten er und Bob seit elf Jahren nicht miteinander gesprochen. Sie arbeiteten in derselben Fabrik, Bob als Zeichner, mein Vater als Monteur, und sie begegneten sich ständig, ohne sich je zu grüßen. Aber abgesehen von der Tatsache, dass mein Vater der Ältere war, sah er sich als den berechtigten Erben auch deshalb, weil er und meine Mutter sich um meine Großmutter gekümmert hatten. Wer war dreimal in der Woche gekommen, hatte die Bettwäsche gewechselt und meine Großmutter gewaschen? Meine Mutter. Wer hatte ihr selbst gebackene Kuchen und Plätzchen gebracht? Meine Mutter. Und wo war die Frau meines Onkels in der Zeit gewesen? Nirgendwo zu sehen. Krankheit habe etwas Verstörendes, sagte sie. Außerdem sei sie selbst »nicht gut zurecht«. Mein Vater empörte sich endlos über die, wie er fand, schreiende Ungerechtigkeit. Aber es half nichts. Bob bekam die Hälfte. Mein Vater schwor, er würde nie wieder mit seinem Bruder sprechen, aber da er ohnehin schon seit Jahren nicht mit ihm sprach, verlor der Fluch etwas von seiner Wirkung.

Häuser konnten, das sah ich jetzt, auch Verdruss bedeuten. Mein Vater versuchte nie, selbst ein Haus zu kaufen, aber das lag daran, dass er nicht genug Geld hatte, auch nicht mit seinem Anteil aus dem Verkauf des Hauses seines Vaters, um ein Haus bar zu bezahlen, und er traute sich nicht, eine Hypothek aufzunehmen, falls er mit den Rückzahlungen nicht hinterherkam. So zumindest deutete ich die Situation, ich fragte ihn nie selbst nach den Gründen. Häuser waren ein heikles Thema. Meinem Vater wurde zugetragen, dass Bob eine moderne Doppelhaushälfte in der London Road gekauft hatte, im Süden von Carlisle. Nachdem er das erfahren hatte, wahrscheinlich von Arbeitskollegen, fuhr er mit dem Fahrrad zur London Road, um sich Bobs Haus von außen anzusehen, und bei seiner Rückkehr teilte er uns voller Verachtung mit, es habe keinen großen Eindruck auf ihn gemacht, Bob gebe offenbar vor, »etwas zu sein, das er nicht ist«. Ich fragte, was er damit meine, wurde aber nur mit einem vernichtenden Blick bedacht, also fuhr ich selber mit dem Fahrrad in die London Road und war danach so verwirrt wie zuvor. Bobs Haus hatte überhaupt nichts Besonderes. Es war ganz gewöhnlich, nicht protzig, und unterschied sich in nichts von Dutzenden anderer Doppelhaushälften, die damals gebaut wurden.

Jedenfalls versuchte mein Vater meines Wissens nie, vorzugeben, etwas zu sein, das er nicht war. Wir wohnten in unserem Sozialbauhaus zur Miete, und mein Vater führte Jahr für Jahr beträchtliche Verbesserungen aus. Manchmal beschimpfte er mich, weil ich nicht half – »›Wenn wir in ein größeres Haus ziehen, helfe ich auch‹, sagt sie«. Ich konnte mich nicht erinnern, das gesagt zu haben. So wie er es betonte, klang es, als wären wir in ein riesiges Haus gezogen, mit endlos langen Fluren und mehreren Treppenhäusern und Zimmern, statt in ein Haus, das lediglich ein zusätzliches Schlafzimmer hatte und eine »gute Stube« und das, nachdem es einmal von Grund auf gereinigt worden war, ohne größere Mühe sauber gehalten werden konnte. Er selbst machte einen großen Teil der Hausarbeit, was damals für einen Mann der Arbeiterschicht ungewöhnlich war. Seine Spezialität war das Saugen. Sonntagmorgens wachte ich von dem grässlichen Geräusch des uralten Staubsaugers auf, der auf dem Teppich vor meinem Bett hin und her geschoben wurde. Es war kaum Staub oder Schmutz auf dem Teppich, aber der Staubsauger ging erbarmungslos vor und zurück. Wenn ich ungnädig knurrte, sagte mein Vater: »Muss ja gemacht werden«, und saugte weiter, bis der arme Teppich staubfrei und beinahe fadenscheinig war.

Meine Prüfungsergebnisse kamen im August 1956. Sie waren so gut, dass ich weiter an meiner Schule bleiben durfte, um im Jahr darauf die Aufnahmeprüfung für Oxford und Cambridge zu machen (so funktionierte das System an unserer Schule). Es war ein großes Risiko, denn wenn ich die Prüfung nicht bestand, hatte ich ein ganzes Jahr verschwendet, in dem ich schon an einer weniger renommierten Universität hätte studieren können. Und inzwischen hatte ich auch Ablenkung von meiner Hingabe zum Lernen. In dem Sommer hatte ich nämlich einen Jungen kennengelernt, Hunter Davies, der im zweiten Jahr an der Universität in Durham studierte und mich intensiv beschäftigte ... Vielleicht sollte ich nach Durham gehen. Aber ich blieb an der Schule und machte die Prüfungen. Ich wurde sowohl vom Girton College, Cambridge, als auch vom Somerville College, Oxford, zu Vorstellungsgesprächen eingeladen, was der erste Schritt war, aber ich bezweifelte, dass ich mich gut geschlagen hatte. Ich war ziemlich unglücklich, doch dann kamen die Telegramme, in denen ich einen Platz am Girton College und ein Teilstipendium sowie einen Platz am Somerville College mit einem vollen Stipendium angeboten bekam. Ich erinnere mich, dass ich weniger Freude als vielmehr Erleichterung empfand – mit den Prüfungen hatte ich viel gewagt, und ich bin keine Spielerin.

Im März 1957 verließ ich die Richardson Street und ging nach Bordeaux, wo ich als Au-pair in einer französischen Familie wohnen würde. Es war nicht meine Idee gewesen, aber ich fand sie reizvoll. Der Vorschlag, dass ich sechs Monate in

Frankreich verbringen sollte, um meine armseligen Französischkenntnisse zu verbessern, kam vom Somerville College. Ich verstand nicht, warum ich besser Französisch können musste, wo ich doch Geschichte studieren wollte. Ich hoffte nur, dass von den Büchern, die ich lesen müsste, nicht die meisten auf Französisch geschrieben waren.

Natürlich war ich noch nie im Ausland gewesen, aber das war in den Fünfzigerjahren nicht ungewöhnlich. An einer Klassenreise nach Paris hatte ich nicht teilnehmen können, weil wir sie nicht bezahlen konnten, und ich war wahnsinnig eifersüchtig auf die gewesen, die fuhren. Davon abgesehen waren meine weitesten Reisen Richtung Süden die nach Oxford und Cambridge gewesen zu den Vorstellungsgesprächen, und die Idee, nach Frankreich zu gehen, überhaupt Frankreich, war sehr aufregend. Unsere Französischlehrerin fand eine Familie, und daraufhin wechselte ich mit ihnen ein paar Briefe und schickte Fotos. Das Bild der fünf Kinder, um die ich mich kümmern müsste, war »im Garten« gemacht. Ich nahm selbstverständlich an, es sei der Garten der Familie. Er sah vielversprechend aus, mit Rasen und Bäumen, er musste zu einem großen Haus gehören. Ich hatte nicht verstanden, dass »Jardin« in dem Fall ein öffentlicher Park war und dass die Familie überhaupt keinen Garten hatte. Die Anzahl der Kinder – das älteste war sieben, das jüngste achtzehn Monate – erschreckte mich, aber mir wurde versichert, dass ich nachmittags immer freihaben würde und ein eigenes Zimmer bekäme. Meine Eltern waren an diesen Vereinbarungen nicht beteiligt. Meine Mutter war besorgt, dass ich so weit weg sein würde, im fernen Ausland, aber auch beeindruckt, mein Vater fand es »völlig unnötig«, und in Oxford zu studieren hielt er für »überflüssig«, aber er stellte sich mir nicht in den Weg. Er hatte mich aufgegeben, ich gab eindeutig etwas vor, das ich nicht war.

Nach den sechs Monaten in Frankreich würde ich mein Zuhause erneut verlassen, um nach Oxford zu gehen, und obwohl ich in den nächsten drei Jahren immer wieder die Ferien zu Hause verbringen würde, war die Reise nach Bordeaux der eigentliche Aufbruch. Das war mir klar bewusst. Ich konnte es kaum abwarten, das Haus hinter mir zu lassen. Ich dachte – dachte ausdrücklich –: Adieu, enges kleines Schlafzimmer, adieu, dunkle gute Stube, in der ich so viele Stunden über Biografien und Geschichtsbüchern verbracht hatte, adieu alldem. Ich sah mich schon in meinem eigenen Zimmer in Bordeaux, malte mir den Blick auf den »Garten« aus, den ich haben würde, und den leuchtend blauen französischen Himmel, von dem die Sonne immer schien. Als ich mich in unserem Haus ein letztes Mal – so fühlte es sich an – umsah, kam es mir schon so vor, als hätte ich nie dort gelebt. Ich hatte keine Spuren hinterlassen. Die Wände konnten nicht sprechen, sie hatten nichts von mir zurückbehalten, aber wie hätten sie das auch tun können. Ich war in dem Haus lediglich eine Besucherin auf Zeit gewesen – mehr nicht.

Als ich sechs Monate später zurückkam, war ich überrascht, wie anders ich alles sah. Die Familie in Bordeaux, bei der ich gewohnt hatte, lebte in drei Zimmern vier Stockwerke über einem Zeitungsladen. Ein Badezimmer gab es nicht – eine »Ganzkörperwaschung« wurde täglich vorgenommen, und zwar an einem Becken auf dem Treppenabsatz, wo auch die Küche eingerichtet war. Bei der Toilette fragte ich mich, warum ich das Außenklo in der Orton Road so verabscheut hatte, denn jetzt sah ich, dass es der reine Luxus gewesen war. Die Familie hatte ein typisch französisches Klo, bei dem man nicht abzog, sondern einen Hebel betätigte, sodass alles, was auf dem Tablett in der Kloschüssel lag, durch einen Schacht abwärtsbefördert wurde. Ich wollte gar nicht wissen, was mit den Fäkalien passierte, wenn sie unten ankamen. Ich hatte tatsächlich, wie versprochen, ein eigenes Zimmer, aber nicht das Zimmer, das ich mir vorgestellt hatte. Es hatte kein Fenster, nur eine Dachluke, was romantisch hätte sein können, es aber nicht war. Da man sie nicht öffnen konnte, war es in dem Zimmer immer stickig. Nachts hörte man Mäuse umherhuschen, und die Matratze war voller Flöhe. Später erfuhr ich von einem Verwandten der Familie, dass drei andere Au-pair-Mädchen aus England nach wenigen Tagen geflohen waren.

Aber ich sah auch eine andere Version vom Leben der Franzosen. Der Großvater wohnte in einem wunderschönen Haus mit einem Balkon in einer von Bäumen gesäumten Straße, und ein anderer Verwandter hatte nicht nur ein, aus meiner Sicht, echtes Landhaus, sondern auch ein Strandhaus an der nahe gelegenen Küste. Auch meine Gastfamilie hatte, wie ich überrascht herausfand, ein kleines Häuschen in den Kiefernwäldern von Salaunes, in der Nähe von Bordeaux. Das Leben dort war primitiv – gekocht wurde über einem offenen Feuer, Wasser musste vom Brunnen geholt werden und die einzige Toilette war der Wald –, aber das Häuschen entsprach der Definition von »malerisch«: Es war aus Naturstein gebaut und hatte ein Ziegeldach (wenn auch mit Löchern...), und es stand inmitten von Bäumen, von denen einige Kirschbäume waren, die voller Kirschen hingen. Es war wie in einem Märchen, ich fand es bezaubernd dort und erwartete jeden Moment, dass Hänsel oder Gretel aus dem Wald kommen würden.

Eigentlich hätte ich immer schon die Vorzüge der Richardson Street erkennen müssen, da ich ja die Wohnungen meiner Tanten zum Vergleich hatte, aber irgendwie konnte ich den Luxus eines eigenen Hauses, wie immer es aussah, erst richtig würdigen, nachdem ich in Frankreich gelebt hatte. Es war sehr lehrreich für mich, unter diesen Umständen als Au-pair bei der Familie zu sein, ich lernte mehr als nur Französisch. Denn endlich warf ich meine überzogenen Vorstellungen von Häusern über Bord, gerade rechtzeitig, bevor ich nach Oxford ging, wo zu meiner Überraschung die Tatsache, dass ich in einer Sozialbausiedlung aufgewachsen war, großes Erstaunen hervorrief.

Winchester Road

Oxford

Mein Zimmer im Somerville College war im Bibliotheksblock, der 1903 am nördlichen Rand des Universitätsgeländes gebaut worden war. Somerville war kein altes College, so wie die für männliche Studenten, von denen viele – wie in dem Gedicht von Matthew Arnold – »träumende Türme« hatten, aber in meinen Augen war es ziemlich imposant.

Ich hatte ein Eckzimmer mit einem Verbundfenster, von dem aus man einen Blick auf den Rasen und eine Zeder hatte. Es war ein friedlicher, angenehmer Blick. Vom Fenstersitz aus konnte ich das Kommen und Gehen der Studenten beobachten. Das Zimmer war quadratisch und groß, und die wenigen Möbel – ein Bett, ein Tisch, zwei Stühle und ein Bücherregal – waren ziemlich abgenutzt. Es war dreimal, vielleicht viermal so groß wie unser Wohnzimmer zu Hause, und ich hatte Mühe, es zu füllen. Meine Sachen sahen nicht nur verloren aus, sie wirkten auch fehl am Platz. Die Tassen und Teller, die ich bei Woolworth gekauft hatte, wirkten in dieser Umgebung einfach lächerlich – ich hätte das Crown-Derby-Porzellan meiner Großmutter mitnehmen sollen –, und auch der neue Wasserkocher passte nicht hierher. Ich hatte zwei Picasso-Poster gekauft, hängte sie aber nicht auf. Das Zimmer hätte sich lauthals beschwert. Mir fiel natürlich auf, dass das Zimmer ziemlich schäbig war, aber diese Schäbigkeit hatte etwas Großartiges. Die ganze Zeit war ich mir derer bewusst, die vor mir hier gewesen waren und sich in diesem Zimmer, das wahrscheinlich ihrem Zimmer zu Hause nicht unähnlich war, heimisch gefühlt hatten, obwohl keine sichtbaren Spuren dieser Studentinnen geblieben waren. Der Teppich, dessen Muster und Farbe im Vagen blieben, war von vielen Füßen abgetreten, der Bettüberwurf von der vielen Benutzung dünn gescheuert. Der Tisch hatte Tintenflecke, und wenn ich mir die Fläche genau ansah, konnte ich am Rand Kratzer – Initialen – sehen, sie aber nicht entziffern.

Auf dem Flur war eine Tür, die vom College selbst in die Bibliothek führte. Das Schlagen der Tür beim Öffnen und Schließen sowie die Stimmen der Studenten, die hin und her liefen, unterbrachen immer wieder die tiefe Stille. Ich nahm an, dass ich mich an die Geräusche draußen, die Stimmen und Schritte der Menschen, gewöhnen würde, aber im Grunde gelang mir das nicht. Ich wurde fortwährend daran erinnert, dass ich in einer Gemeinschaft lebte, auch wenn ich endlich ein eigenes Zimmer hatte. Aber da lag das Problem. Das Zimmer kam mir nicht wie mein eigenes vor, sondern wie das von einer anderen. Immer stärker wurde mein Gefühl, dass jemand mich beobachtete, mir über die Schulter guckte, mich fragte, was ich hier eigentlich wolle. Wie töricht die Vorstellung war, dass dies jemals *mein* Zimmer sein könnte.

Es dauerte nicht lange, bis ich begriff, dass ein Zimmer im College nichts für mich war. Somerville war ein attraktives College, die Atmosphäre frei und ungezwungen, aber ich mochte nicht von so vielen Menschen umgeben sein, auch wenn ich inzwischen mit vielen von ihnen befreundet war. Es war der Lärm an sich, der mich störte. Auch der Aufenthaltsraum gefiel mir nicht, trotz der bequemen Sofas und der Zeitungen und Zeitschriften, die überall auslagen. Er schallte immer von den lauten Stimmen der Mädchen, die ihre Ansichten zum Besten gaben. Nicht, dass ich mich von diesen Mädchen eingeschüchtert fühlte, aber ich mochte nicht in ihrer Gesellschaft sein. Meine Reaktion auf das Leben im College schockierte mich selbst. Ich hatte immer davon geträumt, auf ein Internat zu gehen, wie es in den Geschichten von Angela Brazil beschrieben wird, und mir vorgestellt, das Collegeleben wäre eine herrliche Version davon, die mir sofort zusagen würde. Stattdessen wollte ich nichts wie weg, und so sann ich schon gleich im ersten Jahr darauf, wie ich im zweiten Jahr aus dem College ausziehen konnte.

Ich wusste, dass dieser Wunsch seltsam, vielleicht sogar verdächtig erscheinen würde. Als Stipendiatin hatte ich das Privileg, während der ganzen drei Jahre im College wohnen zu dürfen, während sich andere am Ende des ersten Jahres ein Zimmer suchen mussten. Warum wollte ich freiwillig in einem Zimmer fern vom Campus wohnen? Was bewog mich dazu? Zu sagen, das Leben im College bekomme mir nicht, klänge ziemlich anmaßend, und in Anbetracht des großzügigen Zimmers, in dem ich wohnte, schien es zudem undankbar. Aber man hörte mir geduldig zu, und am Schluss erhielt ich, wenn auch widerstrebend, die Erlaubnis, ein Zimmer zu suchen, das allerdings auf der Liste der zugelassenen Unterkünfte des College stehen musste. Ich fand die Unterkunft nicht selbst. Eine Freundin von mir, Theodora, machte die zwei Zimmer, die wir mieten konnten, ausfindig. Sie wurden schon seit zehn Jahren an Studenten vermietet, allerdings erst seit Kurzem an Studentinnen. Das Haus in der Winchester Road war klein und im neunzehnten Jahrhundert erbaut, es stand in einer ruhigen Straße um die Ecke einer Reihe von Läden, der North Parade. Vom Somerville College, wohin wir wie bisher zu den Mahlzeiten gehen würden, war es ein Fußweg von nur zehn Minuten. Wir sahen uns die Zimmer an und stellten uns der Vermieterin vor.

Mrs Brown saß im Wohnzimmer und erwartete uns. Sie war wie eine Gestalt aus einem Roman von Jane Austen, mit Spitzenhäubchen auf den weißen Haaren und Schultertuch. Sie saß sehr aufrecht und musterte uns durch ihre Drahtgestellbrille. Sie hatte eine fürstliche Haltung, die sie durchgehend beibehielt, aber irgendwie affektiert wirkte, und auf alles, was man zu ihr sagte, nickte sie mit perfekter Anmut, sodass es unmöglich war zu sagen, ob sie gehört hatte oder nicht. Mr Brown, nahmen wir an, war tot. Er wurde nie erwähnt, auch nicht als »mein verstorbener Mann«, und Mrs Brown sprach immer von »meinem Haus«. Sie hatte Regeln, denen wir bereitwillig zustimmten, da sie leicht einzuhalten schienen. Dann erzählte sie ausführlich von den »jungen Herren«, die in den vergangenen Jahren ihre Untermieter gewesen waren, und erklärte, einer von ihnen sei inzwischen berühmt. Wir hatten nie von ihm gehört, taten aber so, als ob, und erklärten unsere Bewunderung. Dann entließ Mrs Brown uns mit einer kleinen Handbewegung und übergab uns ihrer Schwester Fanny, die uns die Zimmer zeigen sollte.

Fanny war ganz und gar anders. Sie war klein, kaum einen Meter fünfzig groß, und rundlich, sie hatte wildes weißes Haar, das sie von der Stirn zurückkämmte, und lächelte die ganze Zeit. Während Mrs Brown elegant, wenn auch altmodisch gekleidet war, trug Fanny über ihrem blauen Kleid eine weiße Schürze, die fast bis zu den schweren schwarzen Schuhen reichte. Sie sprach auch anders. Fanny hatte einen breiten ländlichen Akzent, fast so, als käme sie aus dem Südwesten Englands, Mrs Brown hingegen hatte eine vornehme Aussprache (allerdings sprach sie sehr langsam, vielleicht hatte sie sich den Akzent zugelegt). Fanny war die Freundlichkeit selbst, plauderte munter, nannte uns Miss Margaret und Miss Theodora und zeigte uns die Zimmer, die wir bekommen sollten, beide im ersten Stock, eins nach vorn, eins nach hinten hinaus. Das vordere Zimmer war wesentlich größer als das hintere und hatte einen Blick auf den kleinen Garten, in dem Rosen in wilder Fasson um ein winziges Rasenstück wuchsen. Im Zimmer gab es ein Gasheizgerät und einen Gaskocher, auf dem man einen Topf balancieren konnte, sodass wir uns Rührei oder wenigstens Kakao selbst machen konnten. Theo sollte dieses Zimmer bekommen (schließlich hatte sie die Unterkunft gefunden). Das hintere Zimmer, meins, war kaum halb so groß und hatte einen Blick zum Hof, aber es gab einen offenen Kamin, in dem ich, wie man mir sagte, bei sehr kaltem Wetter Feuer machen durfte.

Von dem Moment, da wir in die Winchester Road einzogen, gefiel es mir dort. Es war ein seltsames Arrangement, aber wir fügten uns erstaunlich schnell ein. Mrs Brown saß den ganzen Tag in ihrem Wohnzimmer, während Fanny immer wieder durch das Pochen von Mrs Browns Stock herbeigerufen wurde und zu ihr eilte. Soweit wir erkennen konnten, setzte Fanny sich nie. Sie machte die ganze Hausarbeit, redete dabei die ganze Zeit laut vor sich hin und schien oft voller Groll gegen ihre Schwester – »ich soll den Flur fegen, sagt sie, als wäre da nicht längst gefegt«. Es war uns unmöglich zu glauben, dass Mrs Brown und Fanny wirklich Schwestern waren, so sehr unterschieden sie sich in jeglicher Hinsicht, und obwohl das in vielen Familien der Fall ist, schien zwischen diesen beiden eine besonders große Fremdheit zu bestehen. Neugier brachte uns nicht weiter – noch die harmloseste Frage wurde von Fanny übergangen –, und obwohl sie so tat, als würde sie uns mögen, glaube ich nicht, dass das in Wirklichkeit der Fall war. Wenn sie uns außer Hörweite glaubte, brummelte sie vor sich hin, und in diesem Brummen drückte sich derselbe unterdrückte Groll aus, den sie auch gegen ihre Schwester hatte – »geht ganz schnell im Bad, sagen sie, geht ganz schnell, was ist schon eine Stunde, eine Stunde, und das ganze heiße Wasser aufgebraucht, von wegen ganz schnell …«. Wir gaben uns redlich Mühe, Fanny nicht zu verärgern, denn uns war klar, dass sie es war und nicht Mrs Brown, die den Haushalt führte.

Es gab noch einen dritten Mieter im Haus: Reg. Seinen Nachnamen erfuhren wir nie. So wie Mrs Brown immer Mrs Brown war, so war Reg immer Reg, und seine Beziehung zu den beiden Frauen blieb unerklärt. Fanny kommandierte ihn herum und behandelte ihn, so wirkte es oft, mit Verachtung. Reg zeigte nie eine Reaktion. Er war ein älterer Mann, wir vermuteten, um die siebzig, aber natürlich gingen wir nach dem Äußeren, und für uns neunzehnjährige Mädchen sah er steinalt aus. Womöglich wurden wir von seinem struppigen weißen Schnurrbart und dem schütteren weißen Kopfhaar sowie den altmodischen, abgetragenen Kleidern irregeleitet. Er trug weite graue Flanellhosen, die ihm viel zu groß waren und von einem Gürtel mit einer Schlangenschnalle gehalten wurden, und ein braunes Tweedjackett mit Lederflecken auf den Ellbogen. Außerdem trug er eine Krawatte mit roten und schwarzen Streifen und einem Emblem zwischen den Streifen. Es war sinnlos, ihn nach der Krawatte oder nach etwas anderem zu fragen, denn er hatte große Angst vor uns. Wenn wir ihm im Flur begegneten, schreckte er bei unserem »Hallo, Reg« zusammen und drückte sich flach an die Wand, bis wir an ihm vorbei waren. Er schlurfte den ganzen Tag im Haus herum, und Fanny herrschte ihn an, er solle »die verdammten Kohlen reinholen« oder »endlich die Kartoffeln schälen«. Wenn Reg diese Arbeiten verrichtete, überlegten wir, konnte er kein »zahlender Gast« sein, aber wenn nicht, was war er dann?

Außerdem musste er sich um den Garten kümmern. Das war eindeutig seine Lieblingstätigkeit. So entkam er Fannys Klauen, und er dehnte die Gartenarbeit möglichst lange aus. Manchmal stand er mit der Gartenschere in den Händen nachdenklich vor den wuchernden Beeten, und nach ausgiebigem Überlegen, so schien es, wählte er einen Rosenstock aus und schnitt an ihm herum. Ich dachte, er wolle die Rosen zurückschneiden, aber es war schwer zu erkennen, denn er schnitt planlos mal hier, mal dort. Auch dem Rasenmähen widmete er sich mit Hingabe. Die Rasenfläche maß kaum mehr als zwei Meter mal zwei Meter fünfzig. Reg hatte einen einfachen Handrasenmäher, der ein beruhigendes Geräusch machte, wenn man ihn vor und zurück schob, und Reg mochte sowohl das Geräusch als auch die wenig anstrengende Arbeit. Fünf Minuten pro Woche hätten genügt, aber Reg dehnte die Arbeit auf eine halbe Stunde aus, und er hätte an jedem Tag, an dem es nicht regnete, gemäht, wenn Fanny ihn nicht angebrüllt hätte, »endlich mit dem verdammten Mähen aufzuhören«.

Wie Mrs Brown schien auch Reg nie aus dem Haus zu gehen. Der Höhepunkt seiner Woche war der Samstagabend, den er in der Dachstube verbrachte, wo er auch schlief. Nachdem er ein bisschen in der Stube herumgeschlurft war, hörten wir ein rhythmisches Fußstampfen und seine Stimme, die sang: »Yo ho ho and a bottle of rum!« Hatte er da oben eine Flasche Rum? Wir hofften es, aber wenn Mrs Brown davon Wind bekommen hätte, wäre er sofort rausgeflogen, denn sie hatte eine starke Abneigung gegen Alkohol – »alkoholische Getränke sind des Teufels und führen zu Bösem«, hatte sie uns erklärt, als sie uns untersagte, Alkohol ins Haus zu bringen. Wir wussten nicht, ob Fanny Reg hören konnte, aber so fern von ihrem eigenen Wohnbereich war das nicht wahrscheinlich.

Wie genau dieser Bereich aussah, erfuhren wir nicht, weil wir ihn nie betreten durften. Neben der Tür, die in Mrs Browns Wohnzimmer führte, war eine andere Tür, an die wir klopften, wenn wir Fanny etwas fragen wollten. Sie kam dann heraus, stellte sich mit dem Rücken an die Tür und erlaubte uns nicht den kleinsten Blick in das Zimmer dahinter. Aber es musste mehr als ein Zimmer sein, denn von meinem Schlafzimmerfenster sah ich, dass es nach hinten einen Anbau gab, in dem, wie ich vermutete, die Küche war und mindestens noch ein Zimmer. Wahrscheinlich schlief Fanny in diesem Zimmer, aber was war mit Mrs Brown? Wo schlief sie? Im selben Zimmer wie Fanny? Das konnten wir kaum glauben, angesichts der Distanz, die sie zwischen sich und ihrer Schwester wahrte.

Die Zimmer, in denen Theo und ich wohnten, waren offensichtlich die eigentlichen Schlafzimmer, und ich hätte gern gewusst, ob Mrs Brown aus finanziellen Gründen gezwungen war, sie zu vermieten. Welchen anderen Grund konnte es geben? Vielleicht hatte sie, trotz ihrer sorgfältig kultivierten Vornehmheit, kein anderes Einkommen. Dabei war es sicherlich hilfreich, dass kein Geld die Hände wechselte. Das College bezahlte unsere Miete, und so konnte die Illusion, dass wir »Gäste« waren, erhalten bleiben. Mit Sicherheit wurde von dem Mietgeld nichts für das Haus selbst ausgegeben. Dank Fannys Bemühungen war alles sauber und ordentlich, aber Wände und Türen waren seit Langem nicht gestrichen worden, und der Treppenläufer war abgetreten. Unsere eigenen Schritte und die unserer vielen Freunde traten ihn noch mehr ab, doch anscheinend machte Fanny uns das nicht zum

Vorwurf. Sie interessierte sich besonders für unseren »Herrenbesuch«, wie sie es nannte, und obwohl das einfach unsere Freunde waren, versuchten einige von ihnen, Fanny ein wenig zu schmeicheln. Vielleicht glaubten sie, dass sie damit bei Fanny, die verhalten lächelte, gut ankamen, aber wenn unsere Freunde gegangen waren, machte Fanny brummelnd ihre Bemerkungen, so wie sie es auch über uns tat – »ich sehe blühend aus, ja? Und was soll das, mir Honig ums Maul zu streichen?« Sie gestattete, dass die Besucher auch außerhalb der vereinbarten Zeiten kamen und gingen, erklärte aber, dass Mrs Brown niemals davon erfahren dürfe. Dann schlich sie auf Zehenspitzen durchs Haus, zwinkerte und legte sich immer wieder den Finger zum Zeichen der Verschwiegenheit auf die Lippen.

In gewisser Weise ergab es keinen rechten Sinn, dass ich das Haus und auch mein Zimmer darin so sehr mochte. Das Zimmer war extrem klein, und nachdem ich mich jahrelang über die Enge zu Hause beschwert hatte, hätte man denken können, dass ich mich hier noch mehr beengt fühlen würde. Aber nein. In dem Zimmer, möbliert mit einem Bett, einer Kommode, einem kleinen Tisch und einem Stuhl, konnte man sich kaum bewegen, aber ich fand es behaglich, nicht beengend. Ich war überzeugt, dass immer eine Frau in diesem Zimmer gewohnt hatte, wobei ich diese Überzeugung allein von der Tapete, die ein Rosenmuster auf cremeweißem (oder ehemals cremeweißem) Untergrund hatte, sowie den Vorhängen, ebenfalls ein Rosenmuster auf verwaschener Baumwolle, ableitete. Einmal fragte ich Fanny, ob das früher ihr Schlafzimmer gewesen sei, und sie überging die Frage, aber ihre Miene schien auszudrücken, dass sie die Idee ungeheuerlich fand, warum, war mir nicht klar.

Sie steckte oft den Kopf zur Tür herein, wenn ich da war,

angeblich, um mir etwas zu sagen, obwohl das unnötig war, weil sie es mir schon vorher gesagt hatte, und ich wusste, dass sie nachsehen wollte, ob ich die Netzgardinen im unteren Fensterteil abgenommen hatte. Das war nämlich nicht erlaubt. Die Vorhänge waren »aus Anstandsgründen« dran, und wenn Mrs Brown feststellte, dass sie abgenommen worden waren, würde Fanny »was zu hören bekommen«. Zu argumentieren, dass Anstandsgründe keine Rolle spielten, da ohnehin niemand zum Fenster hereinsehen konnte, war vergebens, und so zog ich sie einfach zur Seite, damit mehr Licht einfiel, und das ließ Fanny durchgehen.

In dem Wandschrank, in dem ich meine Sachen aufhängte, hingen ein paar Bügel, die mit hübschem Stoff bezogen waren und an denen mit Lavendel gefüllte Säckchen hingen. Der Lavendelduft war längst vergangen, aber wenn der Schrank den ganzen Tag zu war und dann geöffnet wurde, erhaschte man einen schwachen Hauch davon, der im nächsten Moment verflog. Ich stellte mir die Kleider vor, die hier gehangen hatten, aus Baumwolle mit Blumenmustern, aus feinem Musselin … aber wahrscheinlich waren es eher die grauen und braunen Kleider der Bediensteten. Ich stellte mir nicht nur die Kleider vor. Das Zimmer förderte und beflügelte die Fantasie, besonders, wenn das Kaminfeuer brannte und Schatten an die Wände zauberte, in denen man so leicht Menschen sehen konnte. Wenn ich an einem Winterabend im Bett lag und nur die Nachttischlampe brannte – sie hatte einen blassrosa Seidenschirm, der so wie die Netzvorhänge nicht verändert werden durfte –, umfing mich das kleine Zimmer so warm und sicher wie eine altmodische Eiderdaunendecke. An solchen Abenden war die Atmosphäre immer sanft und beruhigend, aber wenn das Feuer langsam herunterbrannte, bekam sie etwas Geheimnisvolles, war weniger unschuldig. Hätte ich an

Geister geglaubt, wäre dies bestimmt der Moment gewesen, da ich sie im Zimmer gesehen hätte, lauter Frauen und Mädchen, die sich seufzend meinem Bett näherten, das lange Haar fließend, ihre weißen Nachtgewänder im Licht des erlöschenden Feuers … Kurz vorm Einschlafen wurde ich gefährlich sentimental.

Ich hatte keine Ahnung, was das Haus in der Winchester Road wert war, machte aber den Fehler zu denken, eines Tages könnten meine finanziellen Möglichkeiten es mir erlauben, das Haus zu erwerben, denn es war klein und in keinem sehr guten Zustand. Ich konnte mir gut vorstellen, dort zu leben (selbstverständlich müssten Mrs Brown und Fanny und Reg, wie ich mir in einer meiner unbarmherzigen Fantasien ausmalte, auf die Straße gesetzt werden). Jetzt sehnte ich mich nicht mehr nach den edwardianischen Villen, wie sie in der Norfolk Road in Carlisle standen – sie waren zu groß, sie hatten nicht den Charme des Hauses in der Winchester Road, den ich jetzt erkannte. Zu der Zeit glaubte ich, den Charakter eines Hauses ziemlich gut deuten zu können, obwohl ich wahrscheinlich die Frage, was in diesem Fall mit »Charakter« gemeint war, nicht schlüssig hätte beantworten können. In meinen drei Jahren in Oxford habe ich etliche Häuser von innen gesehen, auch in London, wo Freunde von mir wohnten. Die Größe, hatte ich gelernt, war nicht das Wichtigste. In manchen von diesen Häusern konnte man sich verirren, sie machten einen müde, mit den vielen Treppenhäusern und den vielen versteckten Zimmern am Ende von Fluren, die keinen richtigen Sinn ergaben. Nicht dass ich mir unbedingt ein »gemütliches« Haus wünschte, auch wenn es mir in der Winchester Road so gut behagte, aber ich sah auch den Nachteil eines »weiträumigen« Hauses. Manchmal verstand ich einfach nicht, wie eine Familie in einem fünfstöckigen Haus in

Notting Hill wohnen konnte und sich dessen kaum bewusst war. Mehrere Zimmer, nicht nur eins, waren Bibliotheken, mit Regalen voller Bücher an den Wänden und mit Tischen, auf denen sich die Bücher stapelten, andere Zimmer waren allein der Musik vorbehalten mit einem Flügel in der Mitte oder einem Cello in der Ecke. Wie immer sich mein Leben entwickeln würde, ich bezweifelte, dass ich einem solchen Haus je gewachsen wäre.

Dann wurde ich in ein Haus in den Cotswolds eingeladen, und auch das war ein Schock, wenn auch anderer Art. Es hieß, es sei ein Cottage, weshalb ich mir ein Haus vorstellte, das so ähnlich war wie das in der Winchester Road, aber mit einem großen Garten und nicht in einer Reihe und vielleicht (das hoffte ich sehr) mit einem Strohdach. Das Haus hatte tatsächlich ein Strohdach, aber das war auch schon die einzige Ähnlichkeit mit einem Cottage, so wie ich es kannte. Es war ein wunderschönes Haus, nur ein Stockwerk, aber mit acht Zimmern, die sich großzügig ausdehnten, und einem riesigen Garten, in dem es einen Teich voller Seerosen und eine Gartenlaube gab und einen Tennisplatz, zu dem Steinstufen hinunterführten. Ich verstummte. Dieses »Cottage« überstieg meine Vorstellungskraft. Auf der Fahrt zurück in die Winchester Road überlegte ich, ob ich in einem derart vollkommenen Haus wohnen könnte, und überraschte mich selbst mit der Antwort: Wahrscheinlich nicht. Es war zu viel. Ich wäre nicht imstande, ein so beeindruckendes Haus zu besitzen. Offenbar war es viel schwieriger, sich für ein Haus zu entscheiden – wenn es so weit war –, als ich mir jemals vorgestellt hatte. So viele Gesichtspunkte mussten bedacht werden. Welches *Gefühl* das Haus einem vermittelte, war ebenso wichtig wie sein Äußeres.

Aber das Privileg, ein Haus kaufen zu können, würde mir

noch viele Jahre versagt sein. Als die Abschlussprüfungen näher rückten, hatten wir wichtigere Dinge zu bedenken, zum Beispiel die Berufswahl. Warum war es so dringend, ein Haus zu besitzen? Es war materialistisch, zeugte von nichtswürdigem Streben. Häuser sollten einem Obdach geben, mehr nicht, sie hatten darüber hinaus keine Bedeutung – oder? Ein Dach, vier Wände, Backsteine und Mörtel – wozu das Theater? Von Eigentum *frei* zu sein war viel besser. Aber nicht für mich. Ich beschäftigte mich mehr mit der Frage, wo ich wohnen würde, als mit der, welchen Beruf ich ergreifen wollte, obwohl ich wenigstens erkannte, dass diese beiden Dinge miteinander verknüpft waren und sich wechselseitig bedingten. Die Umgebung, in der ich lebte, war für mich immer schon wichtig gewesen. Käme ich abends in ein Zuhause zurück, das mir widerstrebte – ganz gleich, welchen Beruf ich ausübte –, würde sich das auf die Qualität meiner Arbeit auswirken – eine überhebliche Argumentation, die man besser nicht überprüfen sollte, sie war zu albern.

Ich heiratete am 11. Februar 1960, als ich noch in der Winchester Road wohnte, und enttäuschte Fanny, weil ich nicht wie eine Braut aussah. Kein langes weißes Kleid mit Schleier, kein Brautstrauß, kein schickes Auto mit flatternden weißen Bändern, das mich zur Kirche brachte. Auch keine Kirche. Wir heirateten in einem Standesamt in St. Giles, mit Theo und Mile, einem alten Freund aus Carlisle, als Trauzeugen. Meine Sachen waren vorerst wieder nach Carlisle geschickt worden, und ich hatte mich von Mrs Brown, Fanny und Reg verabschiedet. Fanny verdrückte ein paar Tränen, aber ich wusste nicht genau, warum eigentlich (vielleicht eher aus Enttäuschung, weil dies keine »echte« Hochzeit war, denn aus Traurigkeit, weil ich auszog).

Mit dem Tag im Juni 1960, als ich von der Winchester Road wegzog, begann sich das Haus in eine Erinnerung zu verwandeln, und sein Einfluss auf mich war schwer abzuschätzen. Schon bald verlor es seine Macht über mich, und mit einem Mal wusste ich nicht mehr richtig, warum ich es überhaupt so sehr gemocht hatte. Ich wollte die Gefühle festhalten, die mein kleines Zimmer in mir hervorgerufen hatte, Gefühle von Geborgenheit und Ruhe, die ich darin gespürt hatte. Und da waren natürlich die vielen glücklichen Stunden, wenn ich Hunter in mein Zimmer geschmuggelt hatte (und Theo ihren Freund in ihr Zimmer), während Fanny sich blind und taub stellte. Mein Zimmer war der erste Ort, an dem wir ungestört zusammen sein konnten (im College gab es keine garantierte Ungestörtheit, obwohl Frauen Mittel und Wege fanden, außerdem mussten Männer das Gebäude um halb acht verlassen). Davor, in Carlisle, hatten wir nie ein Zimmer für uns gehabt. Wenn Hunter in den Ferien zu Hause war, wohnte er bei seiner Familie in St. Anne's Hill, einer Sozialbausiedlung. In seinem Haus war alles noch viel beengter als bei uns. Sein Vater hatte Multiple Sklerose, und zu dem Zeitpunkt, als ich in das Leben der Familie trat, war er bettlägerig in dem Zimmer, das unserer guten Stube entsprach. Seine Schwestern, Zwillinge, hatten das eine Schlafzimmer, seine Mutter das andere, und Hunter teilte ein Schlafzimmer mit seinem jüngeren Bruder. Während des Trimesters, wenn Hunter an der Universität war, wohnte ein Mieter in dem Zimmer, und oft war der auch in den Ferien noch da. So konnten wir nirgends ungestört sein, auch in meinem Haus war das nicht möglich. An nassen, kalten Abenden machten wir lange Fahrten mit dem Bus und saßen auf dem Oberdeck, wo wir lange vor der Endstation die einzigen Fahrgäste waren. In der Winchester Road hatten wir ein ganzes, warmes

Zimmer für uns, in das weder Eltern noch Geschwister plötzlich hereinstürzen konnten.

Mir war klar, dass ich in der Geschichte des Hauses in der Winchester Road (von der ich nichts wusste) nur ein Zwischengänger gewesen war. Theo und ich verweilten für kurze Zeit da und waren im Nu verschwunden, so wie viele andere Studenten auch. Wahrscheinlich würde Fanny sich ein, zwei Jahre später nur mit Mühe an unsere Namen erinnern, schließlich hatte sie eine ganze Liste mit Namen. Ich ging nie wieder zu dem Haus, selbst nach Oxford kam ich erst achtundzwanzig Jahre später zurück, und dann nur für einen Tag.

Wir würden in London leben, aber zum Glück nicht in der Wohnung, in der mein Mann damals wohnte, obwohl ich das schon als mein unerfreuliches Schicksal vorhersah. Das war eine Wohnung in der Kingscroft Road, Kilburn, in der ich einmal die Ferien verbracht hatte, und ich hatte es so verabscheut, dass ich dramatisch geschimpft hatte, ich würde krank werden, wenn wir verheiratet waren und ich dort wohnen müsste. Die Wohnung lag im obersten Stock einer hässlichen Doppelhaushälfte in einer trostlosen Straße, die von der Kilburn High Road abging. Sie bestand aus zwei Zimmern – dazu eine Küchennische und ein Badezimmer –, die unter das Dach gezwängt waren. So kam es mir vor – eingezwängt, eng, kaum Platz zum Atmen, und die dünnen Wände bogen sich unter der Anstrengung, aufrecht stehen zu bleiben. Die Wohnung war möbliert, und die Möbel waren abgrundtief hässlich, wie auch die Tapeten, lauter große Muster in grellen Farben. Die Fenster waren winzig und ließen sich nur wenige Zentimeter öffnen, und sobald man durch die gemeinschaftliche Haustür trat, umfing einen ein Mief. Es war kein schlimmer Gestank, eher ein Modergeruch, als gehörte das Haus einer ältlichen

Tante, die kürzlich gestorben war und deren Sachen bisher niemand weggebracht hatte. Aber wenn ich diese völlig angemessene Wohnung so sehr verabscheute, war es an mir, vor unserer Hochzeit eine Alternative zu finden.

Und das gelang mir auch, durch Freunde von Theo. Am Tag unserer Hochzeit zogen wir nicht gemeinsam in die Wohnung in der Kingscroft Road, sondern in eine Wohnung in Heath Villas, Hampstead.

Heath Villas

Vale of Health
Hampstead
London

London war, wie jeder wusste, eine riesige Stadt, dicht bebaut und mit endlos vielen Straßen, sodass ich die Vorstellung, es könnte innerhalb ihrer Grenzen eine Heide geben, für Unsinn hielt. »Heath«, »Heide«, das war offenes Gelände, teils mit niedrigem Gebüsch, teils mit Bäumen bewachsen. »Hampstead Heath« war wahrscheinlich einfach ein Park, und das »Vale of Health« kein Tal, sondern der falsche Begriff für etwas, das sich als kümmerliches Rasenquadrat herausstellen würde. Die Wirklichkeit erstaunte mich. Denn wenn man von der Spaniard Road über den schmalen Pfad kam, war Hampstead Heath zweifellos eine Heide und dehnte sich, so weit das Auge reichte, dicht bewachsen mit Büschen und Bäumen aus, und am Ende des Pfads war das, was man wahrhaftig als Tal beschreiben konnte – eine Senke, umgeben von Grün. Ich hätte mir nicht träumen lassen, dass so etwas in so großer Nähe zu der Riesenstadt existieren konnte.

Die Häuser von Heath Villas waren nicht so alt wie andere Häuser im Tal. Die Nummern eins bis sechs waren 1862 gebaut, sieben bis zwölf, die um die Ecke lagen, stammten von 1868. Sie alle waren viktorianische Reihenhäuser, mit einem Souterrain und drei Stockwerken darüber, und die Nummern sieben bis zwölf grenzten hinten an einen Teich. Am Ende des neunzehnten Jahrhunderts gab es in diesem Tal dreiundfünfzig Häuser, und was einst Sumpfgebiet war, galt jetzt als beliebte Adresse. In das Tal führte eine einzige Straße, von der eine weitere Straße abzweigte, aber es gab Wege und Pfade, mit denen die verschiedenen Häuser untereinander verbunden waren. Gegenüber dem Haus, in dem wir hofften eine Wohnung mieten zu können, befand sich ein dreieckiges Rasenstück mit einem gusseisernen Zaun drum herum, der nichts weiter als ein paar dürre Bäume und ein paar Büsche zu schützen schien. Das war der Mittelpunkt des Tals, wenn es überhaupt einen Mittelpunkt hatte.

Was es zweifellos hatte, war eine Verknüpfung mit vielen berühmten Namen. Überall an den Häusern sah man die blauen Plaketten. Bei unserem Besuch war es der Name D. H. Lawrence, der uns vor allen anderen ins Auge sprang. Lawrence hatte kurze Zeit in Byron Villas Nummer eins gewohnt, auf dem kurzen Stück Straße, das zu dem Kirmesplatz und dem Pub führte. Es schien merkwürdig, dass es in dieser Gegend, am Rande des Tals, einen festen Platz für die alljährliche Kirmes gab, an dessen Rand das ganze Jahr ein paar Wohnwagen standen. Eine andere Überraschung war das riesige Pub im viktorianischen Stil – warum ein so großes Pub für so wenige Häuser? Je genauer wir uns das Tal ansahen, desto seltsamer und ungereimter erschien es. Dass ich einmal in einer solchen Gegend wohnen würde, hätte ich mir nicht träumen lassen.

Noch aber wohnten wir nicht da. Das Paar, Freunde von Freunden von Theo, erklärte, wir müssten uns Mr Elton, dem Vermieter, vorstellen. Er war, so sagten sie, sehr nett, aber ein bisschen exzentrisch und äußerst geräuschempfindlich. Er wohnte im obersten Stock des Hauses in Heath Villas, während das Souterrain und die Hälfte des Erdgeschosses an eine ältere Frau vermietet waren. Die Freunde betonten, wie schlecht die Zimmerverteilung der Wohnung sei, denn das

Schlafzimmer lag im Erdgeschoss, neben dem Wohnzimmer der älteren Dame, das Wohnzimmer und die Küche waren in dem Stock darüber, und das Badezimmer, das wir mit ihr teilen würden, lag auf halber Treppe. Die Wohnung war außerdem unmöbliert, wir müssten also eigene Möbel mitbringen. Ich glaube, ich hörte überhaupt nicht richtig zu, denn ich hatte schon beschlossen, dass ich von der Wohnung und dem Tal begeistert war und unbedingt dort leben wollte.

Besonders das Wohnzimmer war hübsch, mit den beiden großen Schiebefenstern, die aufs Tal hinausblickten. Von der Küche, die vom Wohnzimmer abging, hatte man einen Blick auf den Teich, hinter dem sich ein anscheinend endloses Gebiet mit Bäumen erstreckte, nichts Menschengemachtes in Sicht. Es stimmte, das Schlafzimmer lag schlecht und war so klein, dass kaum ein Doppelbett und eine Kommode hineinpassten, und der Blick ging in den Hof, ein bisschen wie in der Winchester Road. Aber das war nicht wichtig. Nichts war wichtig, außer dass wir die Wohnung bekamen. Ein Treffen mit Mr Elton wurde vereinbart. Ich hatte ihn mir ein bisschen wie Reg vorgestellt, nur ordentlicher und gebildeter. Er war Beamter im Staatsdienst und entsprach tatsächlich meiner Vorstellung von einem Beamten im Staatsdienst (obwohl ich noch nie im Leben einen gesehen hatte), das heißt, er war korrekt gekleidet mit einem dunklen Anzug, hatte eine Glatze und eine Brille und war schmal von Wuchs. Er wirkte nervös und zögernd, was überraschend war, schließlich war er in der stärkeren Position. Als er uns seine Fragen stellte, rieb er sich dauernd die Hände, blinzelte fortwährend und sah keinen von uns direkt an.

Es stellte sich heraus, dass ihn drei Dinge an uns beunruhigten: dass wir so jung waren – wir waren zweiundzwanzig und vierundzwanzig, und er bezweifelte, dass ein so junges

Paar so leise sein konnte, wie er sich seine Mieter wünschte. Ohne seine gegenwärtigen Mieter (die Freunde der Freunde von Theo) offen zu kritisieren, deutete er an, dass sie nicht leise genug gewesen waren, obwohl die Beispiele, die er anführte – wie Türenschlagen –, keine schlimmen Vergehen waren. Er sagte deutlich, dass er nach zehn Uhr abends *überhaupt keinen* Lärm tolerieren würde, auch nicht den vom Toilettenabzug (wer nach zehn die Toilette benutzte, sollte den Deckel schließen, und wer morgens als Erster aufstand, wusste, dass er spülen musste). Seine zweite Sorge war unsere finanzielle Absicherung. Das war ein heikler Punkt. Wir hatten natürlich keine. Die vorsichtigen Fragen nach den Berufen unserer Väter brachten das schnell zutage, und es war Hunters Anstellung als Journalist, die Mr Elton ein bisschen beruhigte. Ich erklärte, ich würde gleich nach meinem Abschluss anfangen zu arbeiten, sodass wir zwei Einkommen hätten und uns die sechs Guineen pro Woche bequem leisten konnten. Das brachte ihn zum dritten Problem, das er, weil er so scheu und leicht in Verlegenheit zu bringen war, kaum in Worte fassen konnte: Kinder. Kinder konnte er nicht zulassen, weil sie unvermeidlichen Lärm brachten. Nachdem wir erraten hatten, was er sagen wollte, erklärten wir, dass wir auch keine Kinder haben wollten, jetzt noch nicht, allerdings erwähnten wir nicht, dass wir schon seit geraumer Zeit erfolgreich vermieden hatten, welche zu bekommen – wir dachten, so viel wollte er darüber vielleicht lieber nicht wissen. Am Schluss sagte er, er würde sich die Sache überlegen und sich bei uns melden. Als ich wieder in Oxford war, schrieb ich ihm und dankte ihm für das Treffen, ich äußerte mich begeistert über das Haus und sagte zum Schluss, selbst wenn er uns als Mieter ablehnte, würde ich sein Haus nicht vergessen, so gut hätte es mir gefallen. Ein bisschen übertrieben, aber ich meinte es ehrlich.

Mr Elton sagte Ja, wir könnten seine Wohnung mieten, die Probezeit wäre drei Monate, und wenn sie zufriedenstellend verlief, würden wir einen Vertrag für drei Jahre bekommen. Hunter zog am 1. Juni ein, und kurz darauf kamen wir als Ehepaar ins Haus.

Als wir einzogen, kam uns die Wohnung, so leer und ohne Möbel, noch reizvoller vor, besonders das Wohnzimmer. Der Teppichboden war hellgrün, die Wände waren weiß, und das Sonnenlicht fiel zwischen den Blättern der Bäume durch die großen Fenster ein. Das Zimmer fühlte sich so luftig, so geräumig an, dass einem leichter ums Gemüt wurde, sobald man es betrat. Die Küche war ebenfalls eine Freude, mit dem Blick auf den Teich, der den ganzen Raum beherrschte. Die vorherigen Mieter hatten einen alten Kieferntisch und zwei Hocker hinterlassen, für die wir dankbar waren, und wir hatten ihnen den Herd abgekauft, sodass wir für den Anfang genug hatten. Ein Kühlschrank wäre gut gewesen, aber ein Bett brauchten wir dringender, und das war unser erster Kauf.

Da waren wir also. Ende Juni wohnten wir in unserem ersten Zuhause, aber es fühlte sich noch nicht wie ein »Zuhause« an. Im Gegenteil, es fühlte sich fremd an, wenn auch auf angenehmste Weise. Wir kannten das Haus noch nicht, auch unseren Teil davon nicht. Viele Wochen lang war es ein Überraschungsschock, in das Haus zurückzukommen. Der Weg über die gewundene Straße von der East Heath Road ins Tal war auch jetzt so geheimnisvoll wie am Anfang, als wir das erste Mal zu dem Haus gekommen waren. Ein bisschen war es, als kämen wir zu einem Versteck, das wir mit einem Codewort öffnen konnten (und Zyniker würden vielleicht sagen, das Wort sei »Geld«, denn die Häuser waren alle teuer, ob zu kaufen oder zu mieten). Es war geradezu lächerlich, wie glücklich ich war, die Stufen zu der gelben Tür unseres Hauses hinaufzusteigen und einen Schlüssel zu haben, der sie aufschloss. Im Haus war es so friedlich, dass sich das kleinste Knarren der Stufen wie eine winzige Explosion anhörte, und ich lernte gleich zu Anfang, die sechste Stufe zu vermeiden, wo sich eine lose Bohle unter dem Teppich verbarg.

Unsere Wohnung, das Wohnzimmer mit Küche, hatte zum Treppenhaus eine Tür, sodass man drinnen das Gefühl hatte, für sich zu sein. Mr Elton über uns hörten wir genauso wenig wie Mrs Woodcock, die Mieterin in der Wohnung unter uns. Wir konnten leicht so tun, als gehörte das Haus uns allein. Beide respektierten unsere Privatsphäre, so wie wir die ihre respektierten, und so fühlten wir uns schnell wohl miteinander. Mr Elton war hocherfreut, dass Mrs Woodcock mit uns einverstanden war. Wir fanden nie heraus, wieso die beiden befreundet waren oder warum Mrs Woodcock in dem Haus wohnte, aber Mr Elton schien immer ein wenig auf der Hut vor ihr zu sein. Während Mrs Brown in der Winchester Road den Eindruck von vorgetäuschter Vornehmheit erweckt hatte, bestand kein Zweifel, dass Mrs Woodcock tatsächlich vornehm war. Sie war eine ziemlich hochmütige, würdevolle ältere Dame, immer gut angezogen, das Haar immer gut frisiert, die sich langsam bewegte, jedoch nicht, weil sie ein körperliches Gebrechen hatte. Sie war jederzeit höflich und huldvoll, aber sie hatte eine scharfe Zunge, und wenn man ihr zu widersprechen wagte, scheute sie nicht davor zurück, sie zu benutzen. Man hätte sich leicht von ihr einschüchtern lassen können.

In unserer ersten Woche im Haus erhielten wir ein Kärtchen von ihr, das auf dem Tisch im Flur lag – eine Einladung zum Sherry um halb sechs an einem der darauffolgenden Tage. Wir gingen zusammen hin, aber nach diesem ersten

Mal besuchte ich sie immer allein, weil Hunter um die Zeit noch in der Redaktion war. Bald war es eine feste Gewohnheit, dass ich zweimal in der Woche unten in Mrs Woodcocks Wohnzimmer einen Sherry mit ihr trank, serviert in erlesenen Kristallgläsern, aus denen es sich geziemte langsam zu trinken. Mrs Woodcock passte zu dem Haus. Zwar war sie nicht die Besitzerin, aber wenn sie mit überlegener Miene in ihrem Queen-Anne-Sessel saß, konnte man das denken, denn sie klang auch so. Der Eindruck, dass sie über allem und jedem stand, passte allerdings nicht zu ihrer großen Neugier. Sie wollte alles über uns erfahren, hielt sich aber mit direkten Fragen zurück, denn das wäre nach ihrem Verständnis aufdringlich gewesen. Was immer sie unbedingt wissen wollte, musste allmählich zutage treten, ohne dass es erfragt wirkte. Es war ein gutes Spiel, das ich geschickt mitspielte, nachdem ich es als solches erkannt hatte. Wir plauderten nicht, wir machten Konversation. Mir fiel auf, dass ich Mrs Woodcocks hyperkorrekte Sprache übernahm. Sorglosigkeit in Fragen der Grammatik bekümmerte sie. Zwar sagte sie nichts, aber wenn ich einmal einen Slang-Ausdruck benutzte, zuckte sie leicht zusammen, sodass ich mir Mühe gab, gutes Englisch zu sprechen. Weder tauschten wir unsere Argumente in einer lebhaften Diskussion aus, noch durfte ich Mrs Woodcock unterbrechen, wenn ich eine Idee hatte. Fiel ich ihr doch einmal ins Wort, weil das, was sie sagen wollte, auf der Hand lag und sie sich so umständlich ausdrückte, nahm sie den Faden, sobald ich fertig war, an genau derselben Stelle wieder auf.

Aber sie mochte es, herausgefordert zu werden. Gewöhnlich wählte sie die Themen aus, über die wir sprachen, und am Anfang war es wie ein sittsames Tennismatch. Sie spielte mir zu dem Thema, das sie gewählt hatte – oft war es ein politisches Thema –, eine Frage so zu, dass ich sie leicht beantworten konnte, doch darauf folgte eine weitere, mit der Mrs Woodcock mir eine entschiedene Antwort zu entlocken hoffte. Sie mochte es, wenn wir unterschiedlicher Meinung waren, und lächelte, als hätte sie einen Punkt gewonnen, weil sie mich provoziert hatte. Sie hatte hohe Ansprüche an Moral und Verhalten und erwartete, dass andere sie ebenfalls einhielten. Vulgäres Benehmen, oder das, was sie dafür hielt, kränkte sie, aber was sie für vulgär hielt, war in meinen Augen oft einfach lustig. Die erste Ausgabe der Wochenendbeilage der *Sunday Times* war ein Beispiel dafür. Als die Zeitung gebracht wurde, sah ich, wie Mrs Woodcock die Beilage mit einer Zuckerzange zum Mülleimer trug und hineinfallen ließ, wobei sie den Kopf abwandte, als wäre es ein verdorbener, stinkender Fisch.

Ich glaube, Mr Elton war erleichtert, dass Mrs Woodcock uns mochte, weil so die Pflicht, gesellschaftlich mit ihr zu verkehren, nicht mehr ihm allein oblag. Warum er glaubte, sich um sie kümmern zu müssen, weiß ich nicht, aber es war offensichtlich der Fall. Sie versuchte, ihn herumzukommandieren, und obwohl er ihr immer beipflichtete, wenn sie ihm sagte, was am Haus zu tun sei, tat er es längst nicht immer, oder erst dann, wenn es ihm passte. Er mochte auch nicht in die Pflicht genommen werden, wenn es ihr nicht gut ging, und da war ich nützlich. Mrs Woodcock hatte einen Sohn und eine Nichte, und manchmal wollte sie, dass Sohn oder Nichte sich um sie kümmerten, aber sie wollte ihnen nicht selbst Bescheid sagen, das sollte jemand anderes tun. Ich übernahm das nicht gern, aber ich erlaubte ihr, dass sie sich an mich wendete, und war bereit, den Sohn oder die Nichte anzurufen und zu sagen, ihre Tante oder Mutter fühle sich nicht wohl und leide an Atemnot, das wollte ich ihnen mitteilen, sie würden es sicherlich wissen wollen … Sie wollten das mitnichten wissen, und meine Hilfeanrufe waren nicht im Mindesten willkommen, aber gewöhnlich kamen sie vorbei, und das stellte Mrs Woodcock eine Weile zufrieden. Mr Elton war sehr froh, von dieser Aufgabe befreit zu sein.

Er kam sehr selten zu uns auf einen Drink, Mrs Woodcock kam nie, trotz wiederholter Einladungen. Sie behauptete, die Treppe sei zu steil, weigerte sich jedoch, Hilfe für den Weg nach oben anzunehmen, aber ich glaube, in Wahrheit mochte sie lieber auf ihrem eigenen Terrain sein. Außerdem hätte sie nirgendwo sitzen können außer auf den Küchenschemeln. Wir hatten immer noch keine Sessel gekauft, nur ein paar große Kissen. Wir hatten die Vorstellung, dass ein elegantes Wohnzimmer wie unseres nach eleganten Möbeln verlangte, und zu dem Zweck durchstöberten wir die Trödelläden in Camden Town, wo wir solche Möbel zu Preisen, die wir uns leisten konnten, zu finden hofften. Als wir schließlich zwei gebrauchte Ohrensessel kauften, armselige Kopien von Mrs Woodcocks echten Queen-Anne-Sesseln, sah sie billigend zu, als die Möbel ins Haus getragen wurden. Zwar waren sie abgesessen und lediglich Nachbildungen, aber sie waren kein »moderner Plunder«. Schon bald stellten wir fest, dass moderner Plunder möglicherweise viel bequemer gewesen wäre.

Ihr Einfluss war ziemlich weitreichend. Als ich das erste Mal zum Sherry bei ihr war, sagte sie, ich müsse mir die Telefonnummer ihres Gemüsehändlers, ihres Fleischers und ihres Fischhändlers notieren, damit ich dort meine Bestellungen machen und meine Einkäufe zusammen mit ihren liefern lassen konnte. Die Idee, eine Bestellung aufzugeben, war mir ganz fremd, aber ich fand sie reizvoll. Vielleicht war ein solches Verhalten angemessen, wenn man in einem Haus wie diesem lebte. Mrs Woodcock erklärte, der Weg vom nächstgelegenen Geschäft sei weit und das Tragen schwerer Taschen sei schlecht für meinen Rücken, da müsse man vernünftig sein. Ich fand es einen Versuch wert und rief also an, wie sie mir geraten hatte, und gab durch, was ich für eine »Bestellung« hielt. Meine Güte, das machte richtig Spaß, ich hatte das Gefühl, in einem Hörspiel mitzumachen, oder vielleicht bei *Mrs Dale's Diary*, damals eine beliebte Radio-Seifenoper. Zur vereinbarten Zeit fuhren die Wagen der verschiedenen Geschäfte vor, und ich trippelte damenhaft die Treppe hinunter, um meine Einkäufe entgegenzunehmen. Nach Mrs Woodcocks Dafürhalten beging ich einen Fauxpas, weil ich bei Lieferung bar bezahlte, während es sich gehörte – was ich hätte wissen müssen –, dass man anschreiben lässt. Das Obst und Gemüse, das Fleisch und der Fisch, alles war von ausgezeichneter Qualität, aber es war auch – natürlich – extrem teuer. Danach gab ich nie wieder eine Bestellung auf, was Mrs Woodcock zweifellos bemerkte, obwohl sie kein Wort darüber verlor.

Aber was den langen Weg von den Geschäften nach Hause anging, hatte sie recht. Es dauerte eine Weile, bis ich die beste Route zur High Street und wieder zurück herausgefunden hatte, denn es gab viele verschiedene Wege, und alle waren interessant. Hampstead war ein so ungewöhnlicher Stadtteil, überall waren Kontraste, es gab große Häuser und kleine Reihenhäuser und lauter Verbindungswege zwischen den großen Straßen. Es ging dauernd rauf und runter, und von fast jeder Ecke hatte man einen Blick auf die Heath. Bei meinen Spaziergängen durch Hampstead lernte ich mehr über Häuser als je zuvor – es gab georgianische, viktorianische, edwardianische, alles durcheinander und doch zueinander passend. Hier möchte ich gern ein Haus haben, dachte ich, so nahe an der Heath wie möglich.

Ich verbrachte sechs Wochen in unserer Wohnung in Heath Villas damit, einen Roman zu schreiben, und als der Agent, an den ich das Manuskript schickte, ihn ablehnte (seine Antwort lautete: »Kommen Sie mal vorbei«, was ich aber als Ablehnung interpretierte), fing ich an zu unterrichten. Ich wollte nicht Lehrerin sein, aber ich dachte, zu einer anderen Arbeit sei ich nicht qualifiziert. (1960 konnte man unterrichten, wenn man einen Universitätsabschluss hatte, eine zusätzliche Lehrerausbildung war nicht nötig.) An den Wochentagen fuhr ich morgens mit dem Bus – ich musste einmal umsteigen – nach Paddington, wohin ich als Vertretung an eine Hauptschule geschickt worden war. Ich verdiente ziemlich gut und sparte mein gesamtes Einkommen für das Haus, das wir eines Tages kaufen wollten, und für dieses ferne Ziel lohnte sich die Arbeit, auch wenn sie manchmal schwer war. Auf der Busfahrt las ich die Zeitung, die damals eine Mittelseite hatte, auf der die Tagesereignisse in einfacher Sprache zusammengefasst waren. Ich merkte mir die wesentlichen Punkte und unterrichtete, ungeachtet dessen, welches Fach auf dem Stundenplan stand, immer Tagespolitik. Den Kindern gefiel das, sie mochten es lieber als Mathematik oder Geografie oder die anderen Fächer, und den anderen Lehrern war es gleichgültig, solange sie nicht selbst die Vertretung für den fehlenden Lehrer übernehmen mussten. Nach der Vertretung in Paddington wurde ich in verschiedenen anderen Schulen eingesetzt, meistens für eine Woche, doch dann schickte man mich für ein ganzes Trimester an die Barnsbury-Schule in Islington.

Auch dies war eine Hauptschule, aber sie war viel besser als die anderen Schulen, an denen ich eine Vertretung übernahm. Es war von Anfang an klar, dass ich hier mit meinen selbstgestrickten Stunden über Tagespolitik nicht durchkam. Ich hatte eine Vertretung für eine Englischlehrerin, die im

Mutterschaftsurlaub war, und man erwartete von mir, dass ich nach Lehrplan unterrichtete. Ich gewöhnte mich schnell an die Arbeit, die zwar anstrengend war, aber auch beglückend sein konnte. Das Schwierigste ist, wie jeder Lehrer weiß, Disziplin herzustellen, und ich tat das, indem ich vorgab, streng oder unnachgiebig zu sein oder hart durchzugreifen. Je nachdem, wie die Schüler sich aufführten, schlüpfte ich in verschiedene Rollen, und hatten sich die lebhafteren Kinder erst gefügt, fiel mir der eigentliche Unterricht nicht mehr schwer.

In meiner Zeit in Barnsbury (insgesamt war ich über zwei Jahre dort, weil ich nach dem ersten Trimester eine feste Stelle angeboten bekam) war es jeden Tag eine Wohltat, in unsere Wohnung in den Heath Villas zurückzukommen. Mein Weg zur Schule und zurück war überaus angenehm, er begann mit einem Fußweg am Rande der Heath zum Bahnhof South End Green, von dort fuhr ich mit dem Zug die paar Stationen nach Barnsbury und hatte dann noch einen kurzen Fußweg zur Schule. So müde ich am Ende des Tages auch sein mochte, der Weg den Hügel hinauf und dann ins Vale of Health war jedes Mal erholsam. Ich kam immer von hinten in unsere Straße, überquerte die Lime Avenue und blieb am Teich stehen, wo ich den Enten und seltenen Schwänen zusah, bevor ich in die Heath Villas einbog. Das moderne Leben blieb zurück, und ich hatte immer das Gefühl, eine der literarischen Gestalten, die im Vale gelebt hatten, könnte jeden Moment erscheinen und denselben Blick bewundern wie ich gerade. Wenn ich nach Hause kam, verstärkte die intensive Stille noch das Gefühl, dass dies unmöglich London sein konnte und ich so nah am Zentrum der Stadt lebte.

Und doch lebte ich da, lebten wir da. Wir waren keinesfalls abgeschnitten und fern von dem, was sich in der großen Londoner Welt ereignete. Im Gegenteil, wir waren Teil dieser

Welt und führten ein echtes Londoner Leben, trotz der Abgeschiedenheit, in der wir lebten. Hunter arbeitete damals bei der *Sunday Times*, und seine Arbeit brachte alle möglichen Vergünstigungen mit sich. Wir gingen zu Theaterpremieren, zu Filmpremieren, zu Ausstellungseröffnungen und in die verschiedensten Restaurants. Wenn wir an solchen Abenden wieder in das Vale of Health kamen, schien es umso unglaublicher, dass es überhaupt existierte, ganz ohne Lärm und Verkehr, unberührt von der fieberhaften Atmosphäre des West End. Die Ruhe wurde nur an solchen Feiertagen durchbrochen, an denen Kirmes war. Dann war die Straße ins Vale of Health verstopft, und die Massen strömten herein, um Karussell zu fahren und ihren Kirmesspaß zu haben. Dennoch war der Lärm, der über die Baumwipfel zu unseren Fenstern hereindrang, nicht ohrenbetäubend, sondern beschwingend und irgendwie altmodisch, er erinnerte daran, dass jedes Jahr Kirmes war, und versicherte die Menschen der Kontinuität. Selbst Mr Elton hatte an dieser kurzen Unterbrechung der Stille nichts auszusetzen, und Mrs Woodcock kam es nicht in den Sinn, die Kirmes vulgär zu nennen.

Einmal, es war um die Kirmeszeit, führte Mr Elton uns aus – ein deutliches Zeichen, dass er uns als Mieter billigte. Er ging mit uns in eine Varieté-Show im Victoria Palace Theater und anschließend zum Essen in Overtons Fischrestaurant. Es stellte sich heraus, dass er sich die Show im Voraus angesehen hatte, um sich zu vergewissern, dass sie interessant war, weil er uns nicht enttäuschen wollte. Seiner Meinung nach waren die besten Nummern ein Mann, der Vogelstimmen nachmachen konnte – »Erstaunlich, als wäre eine Amsel im Theater« –, und ein Jongleur – »Unglaublich, diese Behändigkeit«. Er aß kaum von seinem Essen, wir aber verschlangen unseres und würdigten die Mahlzeit und den Wein mehr als die Vogelstimmen.

Beim Essen gab er uns zu verstehen, dass er sehr froh sei, uns im Haus zu haben, und wir uns seiner Meinung nach bemerkenswert gut einfügten. Wir freuten uns über das Kompliment und wussten, dass es ehrlich gemeint war, denn Mr Elton liebte sein Haus und wollte, dass andere es auch liebten. Obwohl wir uns mit ihm so gut verstanden, blieb er scheu und schrieb uns weiterhin kleine Briefchen. Diese Mitteilungen wurden auf den Tisch im Flur gelegt, wo auch Mrs Woodcock ihre hinlegte, und wir machten es mit unserer Antwort genauso. Manchmal war es auch amüsant, wenn wir uns auf der Treppe mit einem Briefchen begegneten, in dem das stand, was wir ebenso gut persönlich hätten sagen können, aber mir gefiel diese Art der Kommunikation. Sie passte zum Haus. Das Telefon hingegen passte nicht, obwohl wir es benutzten. Sobald unseres klingelte, sprang ich auf, um es wieder zum Schweigen zu bringen. Briefchen waren still. Sie gaben einem Zeit, in Ruhe eine Antwort zu formulieren. Wenn es exzentrisch von Mr Elton war, sich schriftlich mitzuteilen, dann war es exzentrisch von mir, ihn darin zu ermuntern. Das Haus, so spürte ich, hieß das gut.

Nach fast drei Jahren in den Heath Villas war es Zeit zu gehen. Wir wären gern geblieben, und Mr Elton wollte uns behalten, aber wir wollten ein eigenes Haus haben und nicht länger Miete bezahlen. Außerdem spürten wir allmählich den Wunsch nach Kindern. Im Herbst 1962 fingen wir also an, uns nach einem Haus in Hampstead umzusehen. Ein Witz! Unsere Obergrenze war fünftausend Pfund (und auch dann brauchten wir natürlich eine beträchtliche Hypothek). In ganz Hampstead gab es kein Haus für dieses Geld.

Anfangs weigerten wir uns zu glauben, was die Immobilienmakler uns sagten, und suchten emsig jede Straße, jeden

Platz ab, weil wir überzeugt waren, dass es ein Haus geben musste, das alle anderen übersehen hatten oder die Makler wegen seines schlechten Zustands nicht auf ihre Liste genommen hatten. Dieses Haus würden wir finden. Aber nachdem wir wochenlang überall gesucht hatten, gaben wir langsam die Hoffnung auf. Wir mussten der Tatsache ins Auge blicken, und die war: Wir konnten uns ein Haus in Hampstead nicht leisten, und wenn wir unbedingt ein Haus kaufen wollten, dann mussten wir die Idee mit Hampstead aufgeben und woanders suchen. Oder wir konnten eine Wohnung kaufen – in einem der imposanten Wohnblocks in Vierteln wie Frognal. Wir waren in unserer derzeitigen Wohnung zufrieden und konnten sicherlich eine ebenso gute und größere Wohnung finden, in der Kinder nicht verboten waren.

Nein. Nein, denn wir wollten die Unabhängigkeit und Eigenständigkeit, die uns ein Haus bringen würde. Wir richteten uns also nach South End Green, wo es ein paar Häuser gab, Häuser in schlechtem Zustand, die knapp über unserer Grenze lagen und vielleicht infrage kamen, aber jedes einzelne hatte, wenn wir es uns ansahen, schon einen Käufer gefunden. Dann weiteten wir unsere Suche nach Kentish Town aus. Die Kentish Town High Street, eine lange, von Autos verstopfte Straße mit schäbigen Geschäften auf beiden Seiten, fand ich abscheulich. Die Immobilienagentur Jannings & Sampson führte auf ihrer Liste Häuser in Straßen, die von dieser deprimierenden High Street abgingen, und möglicherweise würden wir eine Hypothek für eins von ihnen bekommen können. Aber manchmal weigerte ich mich, ein Haus auch nur zu betreten. Wenn ich davorstand, nur um die Ecke von dem Getöse und dem Schmutz der Geschäftsstraße, dachte ich, wie unglücklich es mich machen würde, jeden Tag in dieses Haus zurückzukommen. Was wäre dann der Sinn, ein Haus zu haben? Die Lage des Hauses war wichtig, vielleicht nicht so wichtig wie das Haus selbst, aber auf jeden Fall wichtig. Ein Haus in Tuffnell Park, fernab der High Street, klang da schon besser. Bis zur Heath wäre es ein flotter Spaziergang von einer Viertelstunde, aber für ein sportliches Paar Mitte zwanzig war das nichts. Das Haus hatte jedoch fünf Stockwerke, und wenn wir es kauften, müssten wir die Hälfte vermieten, und wir wollten nicht selbst Vermieter sein.

Und so ging es weiter, dieses Durchwandern der Straßen, die Besichtigung von Häusern, die uns nicht gefielen, in Straßen, in denen wir nicht leben wollten, und jedes Mal kehrten wir in die Idylle des Vale of Health zurück. Mehr als einmal hatten wir die Heath umrundet und die Randgebiete abgesucht. Die Seite 44 des Londoner Stadtplans *A–Z* war vom vielen Aufblättern ganz abgenutzt, und jetzt schlugen wir immer öfter die Seite 45 auf. Dann, eines Tages Ende November, als wir wieder einmal lustlos die Angebote von Jennings & Sampson studierten, fanden wir ein Haus, das zum Verkauf stand. Es lag in Parliament Hill Fields, auf Seite 45 des *A–Z*, jenseits der Highgate Road und wurde als Doppelhaushälfte mit flacher Fassade und einem hübschen Garten beschrieben. Der Nachteil war: Im obersten Stockwerk des Hauses wohnte eine unkündbare Mieterin, die ein Pfund und zwölf Shilling Miete in der Woche bezahlte. Solche Mieter schützte das Gesetz, ohne finanziellen Anreiz bestand kaum eine Aussicht, dass man sie zum Gehen bewegen konnte, und den würden wir sicherlich nicht geben können. Das Haus selbst musste wahrscheinlich modernisiert werden – der Satz: »Bestens geeignet für den sachlichen und realistischen Käufer, der Reparaturen und Verschönerungen nach eigenen Wünschen und Vorstellungen ausführen möchte«, hieß in der Sprache der Immobilienhändler nichts anderes als »Bruchbude«. Aber das

Haus war – wenn auch auf der falschen Seite, wie man damals dachte – ganz in der Nähe der Heath, sehr nah sogar, und deshalb sahen wir es uns an einem bitterkalten, verschneiten Tag an.

Die Lage des Hauses war vielversprechend. Wir kamen vom Vale of Health und sahen, als wir die Highgate Road überquerten, eine hübsche Reihe von Häusern im georgianischen Stil, die von der Straße zurückgesetzt waren, mit kleinen Rasenflächen und ein paar Bäumen davor. Das Haus, das wir besichtigen wollten, lag in der Boscastle Road, direkt hinter dieser Häuserreihe. Wir überquerten die Highgate Road und kamen in die Dartmouth Park Road, eine breite Straße mit vierstöckigen Häusern auf beiden Seiten, von dort bogen wir in die Boscastle Road ein, auch das eine großzügig breite Straße. Wir waren zu früh für unseren Termin mit dem Immobilienhändler und konnten in Ruhe vor dem Haus stehen und es ausgiebig betrachten. Es wirkte beruhigend solide. Die großen raumhohen Fenster im ersten Stock sahen aus wie die in unserer Wohnung in Heath Villas. Das war gut. Gut war auch die breite Fensterbank im Erdgeschoss – sofort stellte ich mir Blumenkästen mit überhängenden Geranien und Efeu dazwischen vor. Das würde hübsch aussehen, besonders, wenn das Haus frisch gestrichen war und eine leuchtend gelbe Haustür hatte.

Als der Immobilienhändler kam, hatte er Mühe, die Tür zu öffnen. Er schob es auf den Schnee und behauptete, das Schloss sei intakt und lediglich mit Eispartikeln verstopft. Nachdem er den Schlüssel mehrmals hin und her gedreht hatte, ließ sich die Tür öffnen. Er musste ordentlich drücken, aber dann ging sie knarrend so weit auf, dass wir eintreten konnten. Sobald wir in den Flur kamen, wichen wir vor dem Geruch zurück. Auch dem Makler verschlug es den Atem, und er murmelte, das Haus sei lange verschlossen gewesen, weshalb es, so behauptete er, »ungelüftet« roch. Aber er wusste so gut wie wir, dass der Geruch, der Gestank, nicht nur daher kam, dass in dem Haus lange keine Fenster geöffnet worden waren. Es roch nach Verwesung, vielleicht toten Ratten oder verstopften Abwasserrohren, oder Abfall, der vergessen in einer Ecke lag. Was immer die Ursache war, der Gestank war überwältigend.

Wir standen in dem düsteren Flur und betrachteten die dunkelbraune Prägetapete in der unteren Hälfte der Wände. An einigen Stellen löste sich die beigebraune Tapete darüber von der Wand, sodass der bröckelnde Putz sichtbar war. Durch das Fenster über der Haustür drang ein bisschen Licht, aber nicht genug, dass man viel sehen konnte, was vielleicht besser war. Der Makler führte uns schnell in das vordere Zimmer, dessen Fenster mit schweren Holzläden verschlossen waren, sodass es hier noch weniger hell war als im Flur. Als er sie schwungvoll öffnete, sprang einer aus dem Scharnier. Er ließ sich davon nicht abschrecken und wies uns auf den »echten Marmorkamin« und die »großzügigen Proportionen« des Zimmers hin. Vorsichtig bewegten wir uns auf den nackten Dielen, von denen einige Risse hatten und womöglich einbrechen konnten. Der Makler zeigte auf die Rosette an der Decke und sagte, sie sei »echt«. Wir richteten unseren Blick nach oben, nahmen aber eher die lose hängenden Kabel als die Deckenverzierung wahr. Jetzt wurden wir zügig in das hintere Zimmer geführt, das dämmrig war, nicht weil Fensterläden geschlossen waren, sondern weil die Vorbauten den Lichteinfall verhinderten. Wahrscheinlich schien die Sonne ein paar Stunden am Tag direkt in das Zimmer hinein, durch den Tunnel hindurch. Einer der Vorbauten war die Küche. Der Makler sagte nichts, er wusste, dass er den Zustand der Küche nicht schönreden konnte. Es sah darin aus, als wäre jahrelang kein

Versuch unternommen worden, sauber zu machen. Das Spülbecken starrte vor Schmutz und war halb gefüllt mit Wasser, in dem nicht zu identifizierende graue Brocken trieben. Es gab einen uralten Herd, dessen Kochplatten unter einer zentimeterdicken Schmutzschicht lagen und dessen Ofentür offen hing. Ein Brett, das zwischen Herd und Spülbecken lag, war mit einer rot-weiß gemusterten, fettigen und schmierigen Plastikfolie bedeckt. »Die Küche muss natürlich modernisiert werden«, sagte der Makler. Natürlich.

Oben war es weniger niederschmetternd. Das Wohnzimmer nach vorn machte uns wieder Mut. Selbst an diesem trüben Tag war es voller Licht, das durch die zwei großen Fenster einströmte, die wir von unten bewundert hatten. Auch hier gab es einen Marmorkamin, nur dass dieser ganz sauber war und zu unserem Erstaunen Holz in ihm aufgeschichtet war, an das man nur ein Streichholz halten musste. In dem Zimmer gab es keine Möbel, aber einen Teppich, rehbraun mit einer dunkelbraunen Einfassung, und obwohl er ein paar Flecken hatte, verlieh er dem Zimmer etwas Wohnliches, das dem restlichen Haus fehlte. Das Schlafzimmer, das im ersten Stock nach hinten ging, war ebenfalls in erträglichem Zustand, die Wände waren gestrichen, nicht tapeziert, und vom Fenster hatte man einen Blick über den ganzen Garten, den wir unten nicht hatten sehen können. Wir blickten hinaus auf die verschneiten Bäume und versuchten zu raten, was für Arten es waren. Apfel-, Pflaumen-, Kirschbäume? Und die Büsche – Flieder, Kamelie, Forsythie? Keiner wusste es, der Makler schon gar nicht. Er befragte seine Notizen und erklärte, der Garten sei »reich bepflanzt«.

Blieb das Badezimmer und das oberste Stockwerk, in dem die Mieterin wohnte. Das Bad war, wie nicht anders zu erwarten, »modernisierungsbedürftig«. Die Badewanne war eigentlich ganz schön, wenn auch voller schlimmer Flecken. Es gab eine separate Toilette. Der Deckel war geschlossen, und niemand, am wenigsten der Makler, traute sich, den Deckel aufzumachen oder die Kette zu ziehen. Eine in zwei Abschnitte geteilte Treppe führte ins oberste Stockwerk, wo der Geruch anders war, nicht faulig, aber ebenfalls unangenehm. Wir sahen uns alle drei Zimmer an, die voller Möbel standen, Netzgardinen hingen an den Fenstern, darüber schwere Brokatvorhänge, die fast vollständig zugezogen waren. Die Mieterin war in Amerika, wo sie ihre Tochter besuchte. Sie war seit sechs Monaten dort, und obwohl nichts darüber gesagt wurde, entstand der Eindruck, dass sie vielleicht nicht zurückkommen würde.

Das war's also. Wir kehrten in die Heath Villas zurück, verwirrt und entmutigt. Der Zustand des Hauses war viel schlimmer, als wir es uns vorgestellt hatten, und zweifellos war eine umfassende »Modernisierung« nötig, die sehr teuer werden würde. Wir hatten nicht genug, um für alle diese Arbeiten zu bezahlen. Aber viel ernster war die Frage, ob wir das Haus wirklich wollten. Spricht es zu uns?, fragten wir uns in spöttischem Ton. Nein. Die Antwort war ein klares Nein. Im Gegenteil, es rief uns laut zu, wir sollten weglaufen. Seine Stimme, falls es eine hatte, kam gegen die von Heath Villas nicht an. Es war, als würde man jemanden ansehen, der in schmutzigen und zerlumpten Kleidern vor einem stand, die grauen Haare ungewaschen und strähnig um das schuppige Gesicht, und man versuchte sich vorzustellen, was unter diesem beklagenswerten Äußeren nach viel Schrubben und Putzen zum Vorschein kommen würde. War unter der äußeren Schmutzschicht ein gesunder, vielleicht sogar ein attraktiver Körper? Gut möglich, aber hatten wir den Mut, vom Geld ganz zu schweigen, uns darauf einzulassen? Konnten wir eine unkündbare Mieterin tolerieren? Würden wir mit ihr so gut auskommen wie mit Mr Elton und Mrs Woodcock?

Wir überlegten hin und her: Sollten wir ein Angebot machen oder nicht? Schließlich boten wir fünftausend Pfund, was knapp unter dem Verkaufspreis lag. Ich wusste nicht, ob ich wollte, dass unser Angebot akzeptiert wurde. Ja, ich wollte ein Haus, das hatte ich immer gewollt, aber nicht in jedem Zustand. Als unser Angebot angenommen wurde, wusste ich nicht, ob ich mich freuen oder weglaufen sollte. Wir sprangen nicht aus Vorfreude in die Luft, als wir auf die Zusage für die notwendige Hypothek warteten – und auch bekamen. Die Scottish Union lieh uns dreitausendsechshundert Pfund über einen Zeitraum von zwanzig Jahren, vorausgesetzt wir reparierten das Dach und führten ein paar andere weniger essenzielle Reparaturen aus. Unsere Ersparnisse reichten für die restlichen Kosten, danach blieben ein paar Hundert Pfund, die wir für die anfallenden Arbeiten brauchten, vielmehr konnten wir damit erst mal anfangen, die Arbeiten zu bezahlen, während wir mehr verdienten. Der Vertrag wurde am 18. Februar 1963 unterschrieben. Es war ein beängstigendes Gefühl. Wir holten die Schlüssel ab und gingen ins Haus. In unser Haus. Es roch übel, es hieß uns nicht willkommen, es schmollte und freute sich nicht, uns zu sehen. Wir gingen durch alle Zimmer und machten eine Liste von all den Dingen, die wir brauchten.

Ein erhebendes Gefühl kam nicht auf.

Boscastle Road

NW5
London

Die Wohnung in Heath Villas zu verlassen fiel uns schwer. Es war so traurig, als wir uns ein letztes Mal in den Zimmern umsahen, während die schwache Wintersonne über den Teppich kroch und die Wohnung, wie jedes Mal, mit Licht füllte. Im Vergleich dazu war das Haus, in das wir einzogen, dunkel und bot von den meisten Fenstern keinen Ausblick außer dem auf andere Häuserreihen. Hier hatten wir auf allen Seiten ins Grüne geguckt, und auf das stille Wasser des Teiches. Diese beiden Räume, das Wohnzimmer und die Küche, hatten immer eine erhebende Wirkung aufs Gemüt gehabt. Und sie hatten uns Glück gebracht. In den drei Jahren, die wir hier verbracht hatten, war für uns alles gut verlaufen, und ich fand es nicht übertrieben zu denken, dass die Atmosphäre der Wohnung und die des Hauses geholfen hatte. Hier hatte ich das Buch geschrieben, das vom Verlag Jonathan Cape angenommen worden war und mein erster Roman sein würde, und jetzt konnte ich mit meinem Leben als Schriftstellerin beginnen.

Aber sosehr wir die Wohnung liebten, wir würden sie verlassen. Mrs Woodcock gab mir zum Abschied ein Geschenk: einen Queen-Anne-Spiegel mit Silberrahmen, ein seltsames Geschenk, aber es war sehr freundlich von ihr. Sie sagte, sie würde uns vermissen und wünschte, wir würden »nicht so weit wegziehen« (obwohl wir ganz in der Nähe blieben).

Mr Elton lud uns zu einem Abschiedsessen ein und schenkte uns zwei große Porzellantassen mit Untertassen, die ein Muster aus blassgrünen Blättern hatten. Als wir auszogen, war er nicht zu Hause – er sagte, Abschiednehmen mache ihn unglücklich –, aber Mrs Woodcock stand am Fenster, und als der gemietete Wagen losfuhr, winkte sie mit einem weißen Taschentuch. Oje, man hätte ein Herz aus Stein haben müssen, wenn man da nicht geweint hätte, was ich auf dem kurzen Weg zur Boscastle Road laut und haltlos tat. Ich konnte meinen Tränen nur Einhalt gebieten, indem ich mir sagte, in ein paar Jahren würden wir in das Vale of Health zurückkehren. Wir würden zurückkommen, wenigstens zurück nach Hampstead, sobald wir mehr Geld verdienten. Boscastle Road war eine Zwischenlösung, unser erstes Haus, und danach käme unser *richtiges* Haus. Die Bruchbude, in die wir einzogen und die all unser Geld und unsere Energie verschlingen würde, war nur das Sprungbrett, richtig? Richtig!

Es lag noch immer Schnee. Die Kälte an diesem Märztag war bitter. Wir hatten dieselben Schwierigkeiten mit der Haustür wie der Vertreter der Immobilienagentur, obwohl wir in der Zwischenzeit mehrere Male im Haus gewesen waren. Dass wir solche Mühe hatten, in unser Haus zu gelangen, war wie ein böses Omen, und ich malte mir schon aus, dass hier eine schlimme Geschichte verborgen lag, von der wir nichts wussten. Den Unterlagen zufolge war das jedoch nicht der Fall. Das Haus hatte eine ziemlich gewöhnliche Geschichte. Das Land, auf dem es stand, war an William Apedaile aus New Hampton, Middlesex, verpachtet worden, und danach an John Edgar, einen Bauunternehmer aus Kentish Town. Davor hatte das Land dem Earl of Dartmouth gehört, weshalb mehrere Straßen in der Gegend nach ihm benannt waren. 1869 baute John Edgar die ersten acht Häuser, von denen er eines an Margaret Jane

Hollick verkaufte, die es 1929 an Victor Prior, einen Musiker, verkaufte. Die nächsten Besitzer waren die Ligates. James Ligate war Lokomotivführer und lebte mit zwei Schwestern, Ellen und May, in dem Haus. Die letzte, die starb, war Ellen. Sie vermietete ein paar der Zimmer, und ihre letzte Mieterin war Mrs Hall, die kurz vor Inkrafttreten des Mieterschutzgesetzes von 1957 einzog. Sie wohnte in den Zimmern ganz oben, und nach Ellen Ligates Tod stand das restliche Haus leer, weil die Besitzverhältnisse geklärt werden mussten, wurde allerdings mehrfach für kurze Phasen vermietet.

Die Geschichte erklärte also nicht, warum das Haus sich so verdrießlich gab. Lange schien es allen Bemühungen, es in ein freundliches Zuhause zu verwandeln, zu widerstehen. Missmutig und störrisch hielt es an seinem abstoßenden Zustand fest, sosehr wir uns auch bemühten, es zu putzen und zu modernisieren. Wir richteten uns im Schlafzimmer ein, wo uns wenigstens der Blick in den Garten erfreute – ah, der Garten, an den die Ligates all ihre Fürsorge verschwendet hatten, die dem Haus fehlte. Das war eine der unerwarteten Tröstungen in den ersten Wochen im Haus – mit dem Einzug des Frühlings zu beobachten, wie der Garten zur Blüte kam. Jeden Tag entdeckten wir einen neuen Schatz, einmal war es ein Baum, der sich, übersät mit weißen Blüten, als Apfelbaum zu erkennen gab, dann ein Busch, den wir mit seinen Blüten als Kamelie, Forsythie, Flieder erkannten … überall Farben, und zarte Düfte schwebten zum Fenster hinein, die jetzt weit geöffnet waren, damit der immer noch im Haus hängende Schimmelgeruch abziehen konnte. Später blühten Rosen, die einen Bogen über dem Gartenweg umrankten, und entlang des Wegs wuchsen Blumen, die wir in unserer Unwissenheit nicht benennen konnten. Der sorgfältig gepflegte Garten war von einer alten Backsteinmauer umgeben, und an seinem

Ende stand ein Anderson-Luftschutzbunker. Wenn wir wollten, war dort Platz für eine Garage mit einem Tor zu der Gasse zwischen uns und Grove Terrace. Wir wollten eine Garage, aber sie stand ziemlich weit unten auf unserer Liste der wichtigen Arbeiten.

Der Statiker hatte klare Anweisungen gegeben: Das Dach hatte die oberste Priorität. Die Dachkehlen mussten erneuert und die Dachziegel überprüft werden. Wir brauchten einen Bauunternehmer, keine Frage. Mr Elton empfahl die Firma Cramb and Dean in Hampstead. Jemand kam und machte einen Kostenvoranschlag, aber der war dreimal so hoch wie der eines Bauunternehmers in Kentish Town, den wir gefunden hatten. Möglicherweise bedeutete das, dass J. P. Brown, der Mann aus Kentish Town, ein schlechter Handwerker war, aber wir gingen das Risiko ein, und so machte er sich mit seinen fröhlichen Gehilfen ans Werk. J. P. Brown war Ire, er hatte eine gedrungene Gestalt, wirkte kräftig, war aber nicht mehr ganz jung. Nichts an seinem Äußeren war unbedingt vertrauenerweckend, außer seinen muskulösen Unterarmen mit den aufgerollten Hemdsärmeln, die jederzeit zupacken konnten und Arbeit anscheinend nicht scheuten. Er war fröhlich und voller Selbstvertrauen – das Dach machte keine Schwierigkeiten, überhaupt keine. Eine Gruppe von sechs Iren arbeitete für ihn und wohnte in seinem Haus in der Fortress Road, zehn Minuten von uns entfernt. Dort schienen die Männer einen Schlafsaal zu haben, so verstanden wir zumindest seine Auskünfte auf unsere Fragen, und jeden Abend kochte Mrs Brown für sie und nahm das Geld für das Essen aus dem Verdienst der Männer, bevor er ihnen ausgezahlt wurde. Sie kamen jeden Morgen pünktlich um halb acht, allerdings nicht immer alle sechs, und übernahmen das Haus, bevor wir zur Arbeit aufbrachen (damals unterrichtete ich noch). Es war offensichtlich, wie besorgt wir waren, vor allem ich, angesichts all der Arbeit, die zu tun war, aber das schien sie nur zu belustigen. »Sehen Sie sich das mal an«, sagten sie und zeigten auf ein baufälliges Stück Mauer, »bricht gleich zusammen!«, und dann lachten sie und sagten, das sei nur ein Witz. »Sie werden schon sehen, wenn wir fertig sind, haben Sie ein prächtiges Haus, ganz bestimmt«, trösteten sie mich. Ich mochte das kaum glauben. Woche um Woche war alles um uns herum Zerstörung, Wände wurden aufgerissen, große Löcher entstanden und machten mir Angst. Aus allen Richtungen drang Lärm, es wurde gehämmert, gebohrt, gesägt, und der ursprüngliche schlechte Geruch des Hauses wurde von einem anderen überlagert, der kaum weniger unangenehm war, nämlich dem von Zement und Putz und dickem Staub. Wenn es einen Plan gab, eine Ordnung, die aus dem Chaos entstehen würde, dann nur im Kopf von J. P. Brown.

Er selbst war oft nicht da, und manchmal kamen auch seine Männer nicht. Sie verschwanden einfach ohne Ankündigung. Und wenn sie wiederkamen, gaben sie keine Erklärung, obwohl sie offensichtlich auf verschiedenen Baustellen arbeiteten. Wenn wir J. P. Brown anriefen, war immer Mrs Brown am Apparat, atemlos, als wäre sie viele Treppenstufen hochgestiegen, um ans Telefon zu kommen, das so lange geklingelt hatte, bis sie nicht mehr umhinkonnte ranzugehen. Nie hatte sie auch nur die leiseste Ahnung, wo ihr Mann oder seine Mannschaft sein könnten. »Auf einer Baustelle«, sagte sie. Manchmal war sie so erschöpft oder so genervt, dass sie nur abhob und dann wartete. Wenn wir J. P. sprechen wollten, sagte sie: »Hier ist Mrs Brown«, und legte auf. Langsam wurde uns klar, dass wir ihr nur genug auf die Nerven gehen mussten, dann drängte sie ihrerseits ihren Mann, zu uns zu kommen, zu »den armen jungen Leuten« mit ihren ängstlichen

Fragen. Dies, so erzählten uns die Arbeiter, die sich köstlich über das Drama amüsierten, brachte ihren Boss auf die Palme, und er schrie seine Frau an, sie solle um Himmels willen den Mund halten. Aber es hatte immerhin die Wirkung, dass er am Ende wenigstens ein paar seiner Arbeiter zu uns schickte.

Manchmal schickte er auch einen seiner Söhne, der die Arbeiter beaufsichtigen sollte. Das mochten die Arbeiter. Denn Brown junior kam um halb acht und ging um acht Uhr wieder, um Frühstück zu machen. Er war Zimmermann, aber die Arbeiter hatten nichts als Verachtung für ihn, genauso wie sein Vater. Der Sohn baute Wandschränke so nachlässig ein, dass keines der Scharniere richtig saß. »Und der will Zimmermann sein«, murmelte sein Vater und gab der Schranktür einen Tritt, um zu demonstrieren, wie schlecht sie montiert war. War J. P. da, ging alles doppelt so schnell, denn er rannte durchs Haus und prüfte und begutachtete alles und fluchte laut, wenn es nicht zu seiner Zufriedenheit war. Er ging aufs Dach und machte den größten Teil der Dacharbeiten selbst, und dabei hielt er seine Mütze fest und trotzte dem Wind, auch wenn er sein Gleichgewicht zu verlieren drohte. Wenn wir ihm vom Garten aus zusahen, bekamen wir Angst (und viele Jahre später hörten wir, dass J. P. so ums Leben gekommen sei – bei starkem Wind, den er willentlich nicht beachtet hatte und der ihn vom Dach gefegt hatte).

Nach drei Monaten wohnten wir immer noch in einem Zimmer, unserem Schlafzimmer (allerdings hatten wir in der Küche, die nach wie vor ein übles Loch war, einen funktionierenden Herd). Im Schlafzimmer hatten wir uns den Luxus eines Teppichbodens geleistet, es war ein billiger Haargarnteppich in Hellgrün, ganz im Stil von Heath Villas. In dem Zimmer waren wir nur zum Schlafen, denn sobald wir nach Hause kamen, machten wir uns an all die anderen Arbeiten, die getan werden mussten. J. P. Brown wurde für die Bauarbeiten bezahlt, aber wir hatten nicht das Geld, ihn für Malerarbeiten zu bezahlen. Die konnten wir, sagten wir uns, gut selber machen. Da musste man doch nur die alten Tapeten abziehen, die alte Farbe entfernen und frisch tapezieren und streichen, oder? Das konnte doch jeder. Aber es stellte sich heraus, dass es viel schwieriger war und dass wir keine handwerklichen Fähigkeiten besaßen. Es gelang uns nicht, die dunkelbraune Prägetapete im Flur abzuziehen. Wir versuchten es zunächst mit Metallschabern, dann mit einer Flüssigkeit, die Säure enthielt – »entfernt auch die hartnäckigste Tapete« –, aber die Tapete blieb haften. Mit der dicken braunen Farbe an den Türen, an die wir wagemutig mit einer Lötlampe gingen, hatten wir ebenfalls kein Glück. Wir verbrachten Stunde um Stunde mit diesen Arbeiten und waren am Schluss gereizt und müde.

Das Haus selbst schien sich all unseren unerschrockenen Versuchen, ihm zu einem schöneren Aussehen zu verhelfen, zu widersetzen. Es war, als hätte es keinerlei Absicht, in die Sechzigerjahre einzuziehen, mit deren Vorliebe für weißen Anstrich und glatte Flächen, stattdessen klammerte es sich an die viktorianische Zeit mit ihren düsteren Farben und blumigen Tapeten. Besonders an den Fußböden wurde das offenkundig. Abgezogene und versiegelte Holzböden waren 1963 hoch in Mode. Wir hatten sie in anderen Häusern gesehen und wollten genau solche in unserem. Weil wir ahnten, dass die Aufgabe des Abschleifens unsere Fähigkeiten überstieg, baten wir J. P. Brown, es für uns zu machen, wenn er mit den Bauarbeiten fertig war. Er lehnte ab und sagte, er würde uns nur das Geld aus der Tasche ziehen. Die Dielen seien in schlechtem Zustand und bestünden ohnehin aus billigem Holz und würden beim Abschleifen Risse bekommen.

Zum Beweis trat er mit dem Absatz ein Loch in eine Diele, die schon defekt war. Konnte er nicht einfach die Dielen, die Risse hatten, ersetzen? Nein, das ging nicht, es waren zu viele. Am besten, man legte die Räume mit hübschem Linoleum aus. Wir schmollten. Dann schalteten wir auf stur und mieteten eine Schleifmaschine. Das Ding versetzte uns in Angst und Schrecken, aber wir zogen die Dielen im Erdgeschoss ab und warteten mit angehaltenem Atem, ob sich Risse zeigen würden. Fast die Hälfte der Dielen hatte Risse, aber wir versiegelten sie dick und taten so, als hätte es funktioniert. Fast meinten wir zu hören, wie das Haus angesichts des Ergebnisses kicherte, und J. P.s Lachen, als er das nächste Mal kam, war laut und vernehmlich. Aber er war freundlich und trug einem seiner Arbeiter auf, an einigen Stellen, wo die Dielen sich lösten, Nägel einzuschlagen.

Inzwischen waren die Hauptarbeiten abgeschlossen. Der hintere Vorbau war jetzt eine richtige Küche mit einem neuen Fenster, das zum Garten hinausging. Das Badezimmer hatte eine neue Wanne, ein Waschbecken und eine Toilette. Wir hatten eine Zentralheizung eingebaut, aber noch nicht benutzt. Der schreckliche Geruch war verschwunden. Kam man jetzt ins Haus, roch es nach Farbe. Eine Arbeit, zu der wir uns imstande sahen, war das Streichen der Wände – das konnte wirklich jeder. Wir hatten zwei Schafsfellroller gekauft (»Die aus Schaumstoff taugen nichts«, sagte J. P.), zum Preis von einem Pfund, acht Shilling und sechs alten Pence, und machten uns an die Arbeit. Danach waren alle Wände weiß, frisch, perfekt. Wir bewerkstelligten sogar eine viel schwierigere Aufgabe und legten den Küchenboden mit schwarzen und weißen Fliesen aus, womit wir ein holländisches Ambiente zu schaffen hofften. Endlich gab das Haus unseren Bemühungen nach.

Zu dem Zeitpunkt – gerade als wir das Gefühl hatten, wirklich Besitz von unserem Haus nehmen zu können – kam unsere Mieterin aus Amerika zurück. Schon bald erkannten wir, dass wir uns falsche Hoffnungen gemacht hatten.

Kaum war Mrs Hall zurück, kam es uns wieder so vor, als lebten wir in einer Wohnung, in einer luftigen, geräumigen Wohnung zwar, aber doch in einer Wohnung. Bis zu diesem Zeitpunkt hatten wir mühelos verdrängt, dass im obersten Stockwerk jemand wohnte, der auch Gewohnheiten, Vorstellungen und Vorlieben hatte, die nicht unbedingt zu unseren passten. In einem Haus mit Mrs Hall zu leben war, wie wir schnell merkten, nicht wie das Leben mit Mrs Woodcock und Mr Elton. Mrs Hall huschte nicht geräuschlos die gemeinsame Treppe hinauf und hinunter, wie Mr Elton das getan hatte. Für eine Frau von Mitte sechzig, die klein und zierlich war, hatte sie einen erstaunlich schweren Schritt und stapfte die Treppe rauf und runter, als trüge sie genagelte Stiefel statt normaler Schuhe. Offensichtlich mochte sie es, wenn man sie auf dem Weg durchs Haus hörte, und oft blieb sie mit einem theatralischen Seufzen oder Stöhnen stehen. Es bewirkte unweigerlich, dass ich, wo ich auch war, hinzukam, sie nach ihrem Befinden fragte und ihr Gelegenheit gab, mir von ihren verschiedenen Leiden zu erzählen, wodurch ich meinerseits die Gelegenheit erhielt, Mitgefühl zu zeigen. Sie redete gern und hatte nicht die geringste Absicht, sich schriftlich zu verständigen. Einmal versuchte ich es: Ich legte eine höfliche Nachricht für sie unten auf den Teil der Treppe, die zu ihrer Wohnung führte, und teilte ihr mit, dass ein Handwerker den tropfenden Wasserhahn reparieren würde, den sie gemeldet hatte. Sie kam nach unten in die Küche, hielt den Zettel am ausgestreckten Arm, so wie Mrs Woodcock die Wochenendbeilage der *Sunday*

Times gehalten hatte, und sagte: »Was ist das? Bin ich es nicht wert, dass man mit mir spricht?« Ich entschuldigte mich und sagte, ich fände es leichter, eine Nachricht für sie hinzulegen, da ich sie dann nicht zu stören brauchte. »Stören?«, sagte sie. »Mit mir zu sprechen ist für Sie eine Störung?« Ich gab auf und legte ihr nie wieder einen Zettel hin.

Bad und Toilette teilten wir mit Mrs Hall, so wie damals mit Mr Elton. Jeden Morgen kam sie donnernd die Treppe hinunter und benutzte die Toilette, und anschließend versprühte sie ein Raumspray, das angeblich nach Rosen duftete, in Wirklichkeit aber den Geruch von verrottendem Gemüse verströmte. Wir baten sie, stattdessen einfach das Fenster zu öffnen, da wir den Geruch des Sprays nicht mochten. Sie fragte, ob uns Maiglöckchen oder Veilchen lieber wäre, das Spray gebe es auch mit diesen Aromen. Nein, sagten wir, tut uns leid, öffnen Sie einfach das Fenster, frische Luft ist das Beste. Nicht in ihrem Alter, sagte sie, wenn sie so früh am Morgen das Fenster öffnete, würde sie sicherlich Husten bekommen. Wir mussten es also hinnehmen und das Fenster selbst aufmachen, wenn wir aufstanden.

Noch ärgerlicher waren die Gummiaufkleber, die sie in unsere neue Badewanne klebte. Sie waren blau und sternförmig und sollten das Baden für sie sicherer machen. Sie hatte die Aufkleber in Amerika gekauft und glaubte, wir wären begeistert davon, denn sie würden ja auch uns vor Unfällen schützen. Ich versuchte sie zu entfernen, aber das war unmöglich. Sie blieben da und ärgerten mich jeden Tag, fünfzehn Jahre lang, bis wir eine neue Badewanne einbauten.

Raumsprays und sternförmige Aufkleber waren aber nichts gegen den Aufruhr, den die Ankunft von Mrs Halls Fernseher auslöste. Ihre Tochter in Amerika hatte ihn ihr gekauft, und Mrs Hall war sehr stolz darauf. 1963 waren Fernseher keineswegs üblich – wir selbst hatten keinen –, und sie lud ihre Freundinnen zu sich ein, abends mit ihr fernzusehen. So kam es, dass sich eine Prozession aufgeregter älterer Frauen die Treppe hinaufquälte, denen Mrs Hall von oben riet, »sich bloß am Geländer festzuhalten«, als könnte das Treppenhaus selbst zu wanken beginnen. Dann machten die Damen es sich bequem, sahen auf dem bestaunenswerten Gerät fern und drehten den Ton voll auf. Mrs Hall hatte uns erzählt, sie sei schwerhörig, habe aber kein Vertrauen in Hörgeräte und würde sich auch keins zulegen. Sie sah gern Musiksendungen und Ratesendungen aller Art, und wir hörten das erstaunlich laute Dröhnen durchs ganze Haus. Gewöhnlich gingen die Freundinnen gegen neun Uhr, aber der Fernseher blieb bis Mitternacht an, wenn Mrs Hall endlich ins Bett ging. Der Fernseher war unmittelbar über unserem Schlafzimmer, und wir lagen vor Wut schäumend im Bett und dachten: Das geht so nicht weiter, das ist *unser* Haus, und sie verhält sich so rücksichtslos. Wir überlegten, ob wir J. P. bitten sollten, eine Wand mit einer Tür unten vor die Treppe zu Mrs Halls Stockwerk zu bauen, um den Lärm einzudämmen, aber wir wussten, dass es nichts nützen würde, dann überlegten wir, unser Schlafzimmer ins Erdgeschoss zu verlegen, aber das wollten wir nicht, und warum sollten wir auch? Blieb nur die Möglichkeit, sie abzufinden, damit sie auszog. Aber so viel Geld hatten wir nicht. Sie wurde zu Recht von dem Mieterschutzgesetz von 1957 geschützt, das ihr so lange Mietrecht gewährte, wie sie ihre Miete bezahlte, und das hatten wir von Anfang an gewusst. Wir hatten erfahren, dass wir die Miete von einem Pfund und zwölf Shilling in der Woche auf zwei Guineen erhöhen durften, und hofften, sie würde sagen, das sei ihr zu viel und sie würde sich eine billigere Wohnung suchen. Von wegen. Jede Woche bezahlte sie ihre Miete bar und zählte das Geld Münze für Münze vor uns ab, um ihre unzweifelhafte Ehrlichkeit zu demonstrieren. Niemand genoss es mehr, unkündbar zu sein, als Mrs Hall. Sie war sich ihrer Macht im Haus sehr bewusst: Wir brauchten gar nicht zu denken, dass es unseres war, sie war vor uns da gewesen, und sie würde bleiben.

Also lernten wir in den Jahren von 1963 bis 1968, Mrs Hall zu tolerieren. Es wäre leichter gewesen, wenn sie nicht eine so starke Persönlichkeit gehabt hätte und wenn sie nicht so viel geklagt hätte. Sie beklagte sich über Dinge, über die andere froh gewesen wären, wie zum Beispiel die Zentralheizung. Bevor wir das Haus kauften, wurde ihre Wohnung mit zwei elektrischen Heizgeräten geheizt, eine teure Methode, mit der außerdem, vermutete ich, die Wohnung nicht sehr effizient geheizt wurde. Als J.P. Brown das restliche Haus mit Zentralheizung ausstattete, schien es sinnvoll, auch das oberste Stockwerk einzubeziehen, in das wir natürlich im Laufe der Zeit einzuziehen hofften. Aber das gefiel Mrs Hall überhaupt nicht. Sie beschwerte sich darüber, dass es nicht genügend Heizkörper gebe und die Wärme nicht ausreichend sei. Die Möglichkeit, die Heizwirkung jetzt mit der vorher zu vergleichen, gab es nicht, also mussten wir ihr glauben, obwohl wir bezweifelten, dass sie recht hatte. Außerdem behauptete sie, ein Recht darauf zu haben, dass alle drei Zimmer frisch gestrichen wurden, weil bei der Installation der Zentralheizung Schäden an den Tapeten entstanden waren.

Manchmal verreiste sie, allerdings nicht nach Amerika (worauf wir hofften). Eine Amerikareise war erst in drei Jahren wieder fällig, »falls ich dann noch lebe«. Aber hin und wieder verbrachte sie das Wochenende bei einer anderen Tochter, die in der Nähe wohnte und sie mit dem Auto abholte. Dann gehörte das Haus uns, aber natürlich wuchs in diesen kurzen Phasen nur unser Wunsch, das Haus immer ganz für uns zu haben. In einer Hinsicht jedoch erwies Mrs Hall sich als Gewinn.

Im März 1964 bekam ich mein erstes Kind, Caitlin, und Mrs Hall war fortan wie ausgewechselt. Jetzt dröhnte der Fernseher nicht mehr bis Mitternacht, weil er ja das Baby aufwecken konnte, und sie selbst ging auf Zehenspitzen durchs Treppenhaus und hieß auch ihre Freundinnen, leise zu sein. Als Caitlin fünfzehn Monate alt war und die Treppe nach oben krabbeln konnte, lockte Mrs Hall sie jeden Tag zu sich in ihre Wohnung. Für mich war das eine wunderbare Wendung. Ich ermunterte Caitlin nicht aktiv, zu Mrs Hall nach oben zu krabbeln, aber ich hinderte sie auch nicht, besonders als ich wieder schwanger war und froh über die Pause, wenn Caitlin bei Mrs Hall war.

Diesmal wollte ich zu Hause entbinden, und wir bauten den Kohleschuppen in ein kleines Schlafzimmer um. Wieder einmal hatten wir J. P. Brown im Haus. Es war kein großes Projekt, der Schuppen musste nur von Kohleresten und anderem Unrat befreit werden, ein Fenster musste eingebaut und ein Durchbruch für eine Tür ins Haus geschaffen werden. Inzwischen hatte das Haus seinen Charakter überzeugend verändert, und dies war einfach eine weitere Verbesserung. Mir war die Verwandlung erst bewusst geworden, als ich nach Caitlins Geburt aus dem Krankenhaus kam und das Haus in einem völlig anderen Licht sah. Ich kam mit der Einstellung zurück, dass es immer noch nicht richtig unser Haus war. Aber ich sah es wie eine Fremde mit neuen Augen und war erstaunt, wie hell und freundlich und hübsch es war. An dem Tag lag Schnee, so wie damals, als wir das Haus besichtigt hatten, aber jetzt ging die gelbe Haustür mit dem glänzenden Türklopfer leicht auf, und im Flur hatten die Wände eine Tapete mit einem blau-weißen Vogelmuster, im Wohnzimmer brannte ein Holzfeuer, und alles war sauber und behaglich.

Jake kam im Mai 1966 zur Welt, in dem neuen, kleinen Zimmer, wahrscheinlich das erste Baby, das je in dem Haus geboren wurde, eine Tatsache, die mir gut gefiel. Menschen waren in dem Haus gestorben, aber niemand war, soweit wir feststellen konnten, hier geboren worden, und dies machte es noch mehr zu unserem Haus. Wir konnten uns anlässlich der Geburt eine sentimentale Geste nicht versagen und pflanzten einen Kirschbaum. Es gab viele Obstbäume im Garten, aber keiner war von uns gepflanzt worden, dies war also ein besonderer Baum für uns (und er gedieh prächtig und bestreute die Wiese jeden Frühling mit rosa Blüten). Um diese Zeit reifte langsam die Entscheidung in mir, dass wir für immer in dem Haus bleiben würden. Wie sollten wir es auch verlassen, nachdem wir einen Baum gepflanzt hatten und sein Gedeihen im Auge behalten mussten? Konnten wir ihn im Stich lassen und nach Hampstead Heath zurückkehren? Nein, auf keinen Fall. Allein in den ersten drei Jahren hatten sich viele »besondere Momente« in dem Haus angesammelt, die sich stark auf meine Verbindung zu dem Haus auswirkten. Allerdings war die Zeit, diese Entscheidung zu treffen, noch nicht gekommen, weil wir überhaupt nicht in der Lage waren, ins Vale of Health oder woandershin in Hampstead zu ziehen. Aber der Gedanke setzte sich in meinem Hinterkopf fest: Ich möchte aus diesem Haus nie wieder ausziehen.

Und wenn die Wohnung in Heath Villas uns schon Glück gebracht hatte, so gab es 1966 Anzeichen, dass uns das Glück in der Boscastle Road noch mehr hold sein würde. Die nächsten beiden Jahre waren hektisch, zwei Filmprojekte versprachen unser Bankkonto wieder zu füllen, wo wegen der Rechnungen, die wir für die Arbeiten am Haus an J. P. Brown bezahlen mussten, Ebbe herrschte. Mein zweiter Roman, *Georgy Girl*, wurde verfilmt, desgleichen Hunters *Here We Go Round The Mulberry Bush (Sitzen unterm Holderbusch)*. Deshalb wurde unser Haus während dieser Zeit zum Treffpunkt für Regisseure, Produzenten und Schauspieler, was mir überhaupt nicht gefiel. Ich fühlte mich unbehaglich unter all diesen Menschen, obwohl es sehr entgegenkommend und freundlich von ihnen war, dass sie zu mir kamen, zunächst, weil ich schwanger mit Jake war, und dann, weil ich das Baby hatte. Für sie war es keine sehr arbeitsfreundliche Atmosphäre, in einem Zimmer voller Spielzeug und Babysachen zu sitzen, in dem ein Kind umherlief, während das andere in einer Wiege nebenan, aber nicht außer Hörweite, brüllte. Diese Männer waren tolerant, sie hielten die Skripte auf den Knien und sprachen über das Projekt, und ich war diejenige, die ungeduldig wurde, denn ich wusste, ich war weder für diese noch für irgendeine andere Art von Teamarbeit geeignet.

Mrs Hall hingegen genoss derlei Aktivitäten. Die Leute vom Film kamen in großen Limousinen, die oft draußen auf der Straße warteten. Obwohl Mrs Hall behauptete, schwerhörig zu sein, hörte sie unsere Klingel vor mir, lief leichtfüßig die Treppe hinunter, die arthritischen Glieder plötzlich beweglich, machte die Tür auf und behauptete, sie hätte gedacht, es sei *ihre* Klingel. In der gleichen Zeit kamen auch Fernsehteams, die Interviews mit uns machen wollten, und das änderte ihre Haltung zu uns von Grund auf. Sie war enttäuscht, als wir ihr sagten, die Interviews würden auf speziellen Kulturkanälen ausgestrahlt, die sie wahrscheinlich nicht empfangen könne. Trotzdem, eine Fernsehsendung war in *unserem* Haus gedreht worden – welcher Glanz. Ich war erleichtert, dass zu der Zeit, als Hunter die Beatles-Biografie schrieb und die Beatles zu uns ins Haus kamen, Mrs Hall wieder für sechs Monate bei ihrer Tochter in Amerika war. Hätte sie den berühmten Pilzköpfen die Tür geöffnet, wäre sie bestimmt in Ohnmacht gefallen.

Warum die Beatles zu uns kommen wollten, habe ich nie verstanden. Was zog sie an? Ich dachte, vielleicht sei es ein Witz, einer, den ich nicht verstand. Aber Hunter behauptete, die Beatles wollten auf dem Höhepunkt ihres Ruhms, dessen sie inzwischen schon überdrüssig waren, ganz »normale« Dinge tun. »Normale« Menschen – in dem neuen Mittelschichtsleben, in das sie, wie wir selber auch, unversehens geraten waren – luden ihre Freunde zum Essen ein. Also kamen drei von ihnen, getrennt, obwohl ich die Sache gern in einem Aufwasch hinter mich gebracht hätte.

Als Erster kam Paul, zusammen mit Jane Asher, sie besuchten uns zum Nachmittagstee, nicht zum Essen. Tee war leicht. Paul spielte ausgiebig mit Jake, und Jane bemühte sich reizend um Caitlin. Dann kamen George und Pattie zum Essen. George wollte unbedingt eine philosophische Diskussion führen und interessierte sich weniger fürs Essen. Man hatte mir gesagt, dass alle Beatles Vegetarier seien (in den Sechzigerjahren keinesfalls üblich), und ich hatte mir die Mühe gemacht, ein Gericht mit Auberginen nach einem Rezept, das ich inzwischen gelernt hatte, zuzubereiten. Dasselbe Gericht machte ich auch für Ringo und Maureen, aber sie waren die Art Vegetarier, die außer Kartoffeln kein Gemüse mochten. Zum Glück hatte ich zwei Desserts gemacht, das ging also gut. John kam nicht; der Wunsch, das zu machen, was man in der Mittelschicht tat, war ihm wohl vergangen (außerdem gehörte er, anders als die anderen drei, die wie wir in Sozialbausiedlungen aufgewachsen waren, eigentlich fast zur Mittelschicht).

Dass wir unser Haus verlassen und für vierzehn Monate ins Ausland gehen würden, hatte mit den Einnahmen zu tun, die wir aus den Filmen und der Beatles-Biografie erzielt hatten und für die wir schon Steuern bezahlt hatten. Ich war entsetzt von der Idee. Gerade hatten wir das Haus so, wie wir es wollten, und Möbel dafür gekauft – warum sollte ich meine neue Couch von Habitat, den großen Kieferntisch und die weichen, niedrigen Sessel verlassen? Ich hatte noch nicht aufgehört, sie zu bewundern (Mrs Woodcocks Einfluss hatte ich längst hinter mir gelassen). Ich fühlte mich heimisch und wollte mich nicht lösen, und schon gar nicht wollte ich, dass andere Leute in unserem Haus wohnten, aber genau das würde passieren, wenn wir ein angeblich idyllisches Jahr irgendwo am Mittelmeer verbringen würden. Doch man erklärte mir, wegen des Steuersatzes, der unter Harold Wilsons Labour-Regierung bei fünfundneunzig Prozent lag, würden wir den Rest unseres plötzlich einfließenden Einkommens verlieren, wenn wir das Land nicht verließen. Womöglich würden wir nie wieder so viel verdienen, und wenn wir den Großteil bewahren konnten, indem wir eine Weile im Ausland lebten, hätten wir uns für die Zukunft abgesichert. Zwei andere Faktoren erleichterten die Entscheidung: Hunter hatte von der *Sunday Times* ein Sabbatjahr bekommen, und die Kinder waren noch nicht im schulpflichtigen Alter. Dies war also der beste Zeitpunkt, ein Jahr als *Der schweizerische Robinson* zu verbringen.

Freudensprünge machte ich allerdings keine.

Eine Familie aus Neuseeland mietete unser Haus für ein Jahr. Das Ehepaar war von dem Haus begeistert, fand den Garten fantastisch und freute sich, dass Hampstead Heath ganz in der Nähe war. Ihre beiden Kindern waren im gleichen Alter wie Caitlin und Jake und passten wunderbar in das Spielzimmer (so hieß damals das Zimmer, wo die Kinder schliefen und ihre Spielsachen hatten). Ich hätte sie gern gebeten, alle unsere Sachen in Ehren zu halten, brachte es aber nicht fertig, denn sie bezahlten ja dafür, sie benutzen zu dürfen – »in Ehren halten«, also wirklich! Sie sagten, sie hätten ein paar Sachen gekauft, während sie drei Monate in einer unmöblierten Wohnung gewohnt hatten, dürften sie die mitbringen? Wir sagten, selbstverständlich. Es stellte sich heraus, dass sie ziemlich viele Sachen hatten, und als sie damit eintrafen, mischten die sich merkwürdig mit unseren eigenen. Die Zimmer, die bisher geräumig gewirkt hatten, waren plötzlich gedrängt voll. Das Ehepaar fragte, ob sie unsere Möbel umstellen dürften, so wie es ihnen passte, und auch diesmal sagten wir, selbstverständlich, sie durften alles machen, was sie wollten, sobald wir weg waren, aber könnten sie alles wieder zurückstellen, bevor sie ihrerseits das Haus verließen?

Was für ein Theater … es waren nur Möbel, und ich konnte in einer halben Stunde alles wieder so hinstellen, wie es gewesen war, es war lächerlich, so viel Aufhebens wegen der paar Sachen zu machen. Doch schon jetzt, mit dem Zeug der Neuseeländer im Haus, bevor wir selbst es verlassen hatten, war es so, als wäre mir das Haus entglitten. Der rote Schaukelstuhl, meine neueste Errungenschaft, sah ganz falsch aus, nachdem er aus der Ecke beim Fenster weichen musste, um Platz für den riesigen Überseekoffer der Familie zu machen, und unser großer Kieferntisch, der an die Wand geschoben worden war, damit das Zweisitzersofa hinpasste, war dort unnütz. In unserer Anrichte mit Vitrinenaufsatz – auch das ein modisch gewordenes Möbelstück – war mein kunstvolles Arrangement alter Porzellanteller dem neuen Geschirr der Neuseeländer gewichen, und in der Küche stand neuerdings ein Schnellkochtopf, ein hässliches, glänzendes Chromteil. Zeit zu gehen.

Mit großem Widerwillen zog ich die Tür hinter uns zu,

als wir an einem kalten Morgen im März das Haus verließen und von einem Taxi nach Heathrow zum Flughafen gebracht wurden. Ich übertrug meine Gefühle auf ein Konstrukt aus Backsteinen und Mörtel, ein Haus, in dem ich gerade einmal fünf Jahre gelebt hatte, und bildete mir ein, es würde einen Aufschrei des Verlassenseins ausstoßen, als sich der Schlüssel im Schloss drehte. Die anderen Häuser, in denen ich gewohnt hatte, mit Ausnahme der Wohnung in Heath Villas, hatte ich ohne einen Blick zurück verlassen, und jetzt »stellte ich mich an«, wie mein Vater gesagt hätte, dabei verließ ich das Haus nur für die nächsten vierzehn Monate. Was war geschehen? Ich wusste es wirklich nicht, aber eine Bindung war entstanden, die mich selbst überraschte.

Zwischenspiel:

Birbuda Street

Gozo

Quinta das Redes

Algarve

Als wir auf der maltesischen Insel Gozo ankamen, bezogen wir nicht das Haus, das wir eigentlich hatten mieten wollen. Man hatte uns ein Haus oberhalb von Ramla Beach gezeigt, dem einzigen guten Sandstrand auf der Insel. Auf einem Hügel am Meer gelegen, mit einem schmalen Pfad, der direkt zum Strand hinunterführte, hatte es idyllisch ausgesehen. Aber in letzter Minute, buchstäblich am Tag bevor wir England verließen, sagte man uns, das Haus stünde nicht zur Verfügung, aber es gebe ein anderes, noch besseres im Norden der Insel. Uns blieb nichts anderes übrig, als das zu akzeptieren.

Es war nicht »besser« als das Haus am Ramla-Strand. Es lag zum Beispiel nicht in der Nähe eines Strandes, wie immer er aussah. Die Adresse – Birbuda Street, Gharb – ließ eine Art Ortschaft vermuten, aber in Wirklichkeit waren es verstreut stehende Häuser ganz im Norden der Insel, nicht in der Wildnis, aber doch fast. Das letzte Stück Straße war steinig und staubig, und wir waren froh, als wir das Ende erreichten. Das Haus selbst, als wir es endlich fanden, hatte ein attraktives maurisches Äußeres. Es war ein ehemaliges Bauernhaus und kürzlich modernisiert worden, und seitdem hatte niemand darin gewohnt. Ich hatte mir Sorgen gemacht, wie wir uns in dem Haus anderer Leute einrichten würden, aber hier war das nicht schwierig. Das Haus hatte überhaupt keine eigene Atmosphäre. Es war ausdruckslos, ohne jeden Charakter. Man hatte das Gefühl, einen Gewölbekeller zu betreten, so hoch waren die Decken, und die Wände waren geweißelt und leer. Es war kühl, ein Segen nach der glühenden Hitze draußen, und unsere Stimmen hallten mit einem schwachen Echo. Es war außerdem ziemlich dunkel, denn im Wesentlichen kam das Licht von der Tür, die sich zur Veranda hin öffnete.

Wir packten unsere Sachen aus, Kleider, Spielsachen und Bücher, und sie wirkten sofort verloren. Die Möbel waren schlicht und billig und passten nicht in ihre Umgebung. Ein Tisch mit Resopalplatte und dünnen Beinen wirkte wie eine Beleidigung im Wohnzimmer, desgleichen die beiden Sessel mit grauen Plüschbezügen. Wenigstens konnten die Kinder nichts kaputt machen, dachten wir, und dass sie viel Platz zum Herumlaufen hatten, war auch ein Vorteil. Aber vom ersten Moment an fehlte jedes Anzeichen dafür, dass dieses Haus jemals ein Zuhause für jemanden gewesen war oder werden könnte, mit Sicherheit nicht für uns in der kurzen Zeit, die wir dort verbringen würden. Es war ein Haus, das zum Vermieten gemacht war und seinem neuen abwesenden Eigentümer ein Einkommen sichern sollte, und das würde es auch bleiben.

Dort zu wohnen war eine seltsame Erfahrung. Zu dem Haus gehörten zwei Hausangestellte, Zwillinge, die Josephine und Lily hießen und nur wenig Englisch sprachen. Wir konnten uns nicht aussuchen, ob wir sie haben wollten, sie gehörten zum Haus und kamen jeden Morgen für zwei Stunden, obwohl kaum etwas zu tun war. Es wurde viel gefegt und viel gewaschen (natürlich gab es keine Waschmaschine). Die beiden lasen ständig Sachen auf, die nicht schmutzig waren, und wuschen sie energisch in einem großen Zuber. Gewöhnlich gingen wir, kurz nachdem die Zwillinge gekommen waren, zum Strand und kehrten zurück, wenn sie gerade gingen, sodass wir uns nicht in die Quere kamen. Am Nachmittag machten wir eine lange Siesta, und wenn es kühler wurde, allerdings kaum merklich kühler, brachen wir auf und erforschten den Rest der Insel. Nachts war es im Haus sehr warm, obwohl man es am Tage als kühl empfand, und wir schliefen schlecht. Es war eine Erleichterung, wenn die Morgendämmerung kam, die kühlste Tageszeit.

Wir wussten gleich zu Anfang, dass wir einen Fehler gemacht hatten, und der Grund dafür war zum Teil das Haus selbst, nicht nur seine Lage, obwohl auch die alles andere als günstig war. Die Autofahrt zum Ramla Beach, wo wir sein wollten und die Vormittage verbrachten, war lang. Wir konnten uns nur schwer vom Meer trennen, und es war eine riesige Anstrengung, die Kinder in das glühend heiße Auto zu verladen. Auch das Schreiben machte uns Mühe, obwohl wir uns beide jeden Tag ein, zwei Stunden an den Schreibtisch setzten. Es bot sich an, dem Haus die Schuld zu geben, aber es war eine Ausflucht. Wer wirklich schreiben will, kann überall schreiben, uns passte es einfach, andere Gründe zu finden – im Haus sei es zu heiß, zu unbequem und so weiter. Wir gingen sogar so weit zu sagen, wenn wir in dem Haus nebenan wohnten, das ebenfalls vor Kurzem modernisiert, dann aber eine Weile von dem Besitzer bewohnt worden war, bevor er es zum Vermieten anbot, wären wir viel produktiver. Dabei war das Haus nebenan im Grunde genau wie unseres, der Unterschied lag einfach in der Möblierung und Innenausstattung – kurzum, es war eine Frage des Geschmacks. Der Besitzer unseres Hauses hatte das maurische Gemäuer wie einen Bungalow in einem britischen Vorort behandelt, während der Besitzer nebenan die Einrichtung passend zu dem maurischen Baustil gewählt hatte. Überall lagen schöne Decken und Stoffe, und statt Sofa und Sessel gab es im Wohnzimmer eine lange Holzbank, die an den Wänden entlanggebaut worden war und auf der Kissen und Polster lagen. Der gekachelte Fußboden war wie ein Mosaik, und an der Wand hingen Sticktücher mit Motiven von der Insel.

In Gozo lebten ziemlich viele Briten, und einer erzählte uns von einem Haus, das an der Algarve in Portugal zu mieten sei. Er war selbst dort gewesen und schwärmte von dem kleinen Fischerdorf Praia da Luz, wo das Haus direkt am Strand lag. Wir hatten nicht daran gedacht, nach Portugal zu gehen – schon deswegen nicht, weil wir die Sprache nicht sprechen konnten –, und wir wussten sehr wenig über die Algarve, aber als die Hitze im Juli stetig zunahm und die Tatsache, dass wir so weit weg vom Meer waren, uns immer mehr ärgerte, überlegten wir, ob wir es nicht doch tun sollten. Von den vierzehn Monaten, die wir im Ausland verbringen wollten, waren noch acht übrig, und es schien töricht, in einem Haus zu bleiben, in dem wir nicht glücklich waren.

Also flogen wir nach Portugal, was sich als glückliche Entscheidung herausstellte, so wie Gozo ein Irrtum gewesen war. Schon auf der Fahrt vom Flughafen in Faro sahen wir eine hübschere Landschaft. Während in Gozo das Land dicht besiedelt war und die Ausblicke von großen Kirchen beherrscht wurden, gab es hier praktisch keine Häuser. Die Algarve war grün, in der Ferne erhoben sich Berge, und die Ortschaften, durch die unsere Fahrt führte, bestanden aus kleinen, niedrigen Steinhäusern mit roten Ziegeldächern. Auf der kurvigen Straße waren nur wenige Autos unterwegs, aber viele Pferdefuhrwerke, und ab und zu überholten wir einen Esel mit einem Jungen, der uns zuwinkte. Es dauerte eine Ewigkeit, bis wir die Stadt Lagos erreichten, die in der Nähe von Praia da Luz lag, aber schon während der Fahrt wuchs unsere Überzeugung, dass wir die richtige Entscheidung getroffen hatten.

Und als wir in dem Dorf ankamen und in die holprige Kopfsteinpflasterstraße nach Quinta das Redes abbogen, stand für uns fest, dass die Lage des Hauses, wie immer das Haus selbst aussah, perfekt war.

Wir hielten vor einer hohen Mauer mit einer grünen Holztür in der Mitte. Welch eine Überraschung war es einzutreten – wir hatten nicht den großen Garten erwartet, der zur Hälfte als Nutzgarten angelegt war, mit vielen Reihen Gemüse, und am Rande standen kleine Bäume, die sich als Mandel- und Zitronenbäume erwiesen. Gepflasterte Pfade unterteilten den Garten, und eine lange Veranda an der einen Seite des Hauses war von Bougainvillea und Weinranken überwachsen. Früher war das Haus eine Sardinenfabrik gewesen, sodass es keine architektonische Besonderheit darstellte, sondern ein schlichtes eingeschossiges Steinhaus mit quadratischem Grundriss war. Im Haus selbst gab es ein sehr großes Wohnzimmer, eine kleine Küche, ein Badezimmer und vier Schlafzimmer. Die Räume waren kühl und ziemlich dunkel, obwohl jedes Zimmer Fenster hatte, aber anders als das Haus in Gozo war dieses im landestypischen Stil eingerichtet, also mit portugiesischen Möbeln und Stoffen. Nichts sah neu aus. Alles war ein klein wenig abgenutzt, aber auf attraktive Weise, und dabei bunt und angenehm. An den Wänden hingen Bilder, die meisten von Fischerbooten, und es gab ein Bücherregal mit vielleicht hundert Büchern, die alle benutzt aussahen, darunter auch eine Menge Bücher über Portugal. Auf dem alten, zerkratzten Holztisch standen braun glasierte portugiesische Teller und Schalen, und das Badezimmer war mit blau-weißen Alentejo-Kacheln gefliest. In den Schlafzimmern waren die Fußböden mit Strohmatten ausgelegt, und auf den Betten lagen leinene Bettüberwürfe im landesüblichen Stil. Wir mochten unserem Glück kaum trauen.

Wir lebten uns leicht ein und fanden beide schnell zum Schreiben zurück. Der Garten mit seinen hohen Mauern war ideal für Caitlin und Jake, die jetzt vier und zwei Jahre alt waren und darin spielen konnten, ohne dass wir uns Sorgen zu machen brauchten. Es gab sogar einen Gärtner, und weder er noch der Junge, der ihm half, schienen sich an den Kindern zu stören (oder wenn doch, so ließen sie sich nichts anmerken). Außerdem gab es eine Haushälterin, Fernanda. Wir hatten sie uns nicht gewünscht, aber anders als Josephine und Lily war sie ein großer Gewinn: Manchmal kochte sie, und manchmal passte sie abends auf die Kinder auf, wenn wir uns mit den Freunden treffen wollten, die wir schnell gefunden hatten. Wie sich herausstellte, hatte Fernanda das Kochen von einem Mann gelernt, der lange Zeit Mieter in dem Haus gewesen war, sodass ihr Repertoire nicht nur portugiesische Gerichte umfasste, die nicht besonders aufregend waren, sondern auch südfranzösische.

Es gab für uns beide ein eigenes Zimmer, in dem wir schreiben konnten, auch das ein Luxus. Jeder von uns verbrachte jeweils zwei Stunden mit den Kindern am Strand und hatte dann zwei Stunden zum Schreiben, und nachmittags machten wir kleine Ausflüge. Später im Jahr, als es nicht mehr so heiß war, erforschten wir die Berge, hoch bis nach Monchique, und die Küste bis Sagres, dem westlichsten Punkt der Algarve. Und immer war es ein gutes Gefühl, in das Haus zurückzukommen, das sich wie ein echtes Zuhause anfühlte, obwohl es gemietet war. Wir liebten das Haus genauso wie die Algarve. Wir fügten uns mühelos dort ein. Das alte Haus war nicht gerade schön, aber es war solide und geräumig – doch dann, eines Nachts im November, wurde seine Solidität gründlich auf die Probe gestellt. In den frühen Morgenstunden wurden wir von einem Geräusch geweckt, das sich anhörte, als würde ein Lastwagen unseren Weg entlangrasen. Gleich kracht es, dachte ich und wartete auf den Aufprall am Strand, aber nein, das Donnern wurde lauter und kam näher, und dann fingen die Wände im Schlafzimmer an zu beben. Erst als wir uns aus den Betten aufrappelten und sahen, dass Risse in der Decke entstanden, und hörten, wie im Garten Glas zersplitterte, wurde uns klar, dass dies ein Erdbeben war. Wir hatten keine Ahnung, was wir tun sollten: War es besser, im Haus zu bleiben? Sollten wir ins Freie rennen? Wo war man bei einem Erdbeben eher in Sicherheit? Kaum hatten wir begriffen, was los war, hörte es auch schon wieder auf, und die einzigen Beweise waren der Putz, der von der Decke gebröckelt war, und die Glasabdeckungen auf einigen Pflanzen im Garten, die zerbrochen waren. Später sagte man uns, man solle sich unter einen Bogen stellen, und wenn es ein schweres Erdbeben war (woher sollten wir das wissen?), solle man möglichst schnell von der Küste weglaufen. Die Quinta war ein einigermaßen sicheres Haus, anders als einige der neueren Häuser, die in Praia da Luz gebaut wurden und die, weil sie keine festen Fundamente hatten, einstürzten.

Dass die Häuser, die bei Porto de Mos, ein paar Meilen die Küste entlang, gebaut wurden, einstürzen würden, stand nicht zu befürchten. Es waren kleine Legohäuser, vier Stück, die von einem portugiesischen Architekten entworfen und als Block in den Hügel gebaut worden waren. Ein Freund des Architekten, der auch unser Freund geworden war, fuhr uns hin, damit wir sie uns ansehen konnten und eventuell eines kaufen würden. Da es uns an der Algarve so gut gefiel und wir auf jeden Fall möglichst oft hier sein wollten, warum nicht eins der Häuser kaufen, statt immer zu mieten? Diese Häuser waren nicht vergleichbar mit der Quinta, das war klar, sie hatten keinerlei ländlichen Charme. Als wir sie ansahen, waren sie im Rohbau und sehr, sehr modern, aber sie waren eigentlich noch besser gelegen als die Quinta, denn von hier hatte man fantastische Blicke. Die Quinta hatte keinen Ausblick, sie lag hinter hohen Mauern. Die neuen Häuser von Porto de Mos waren hoch oben auf den Felsen gebaut, von dort hatte man eine Aussicht aufs Meer und die Küste entlang bis nach Sagres. Und dann der Strand! Der Strand von Praia da Luz war zwar hübsch, aber klein, während dieser hier endlos lang war. Von den Häusern erreichte man ihn über einen kleinen Pfad zwischen Feigenbäumen und Rebstöcken, der in den Höhenweg mündete, der sich seinerseits bis zum Ende des Strands schlängelte. Dort gab es nichts außer einem Strandcafé, einer Holzhütte auf Pfählen. Alles war so schön, der breite, leere Strand, die unbebaute Landschaft, die Wildheit der ganzen Gegend.

Da die Häuser in den Hügel gebaut wurden, führte die Haustür in eins der Schlafzimmer, an das ein Badezimmer grenzte, und von dieser Ebene ging eine Holztreppe nach unten ins Wohnzimmer mit Küche, ein zweites Schlafzimmer lag auf halbem Weg nach unten. Der Hauptraum hatte eine gläserne Schiebetür, die sich zu einer breiten Terrasse öffnete, und davor war nichts außer dem Pfad zu den Klippen. Schon jetzt konnte man sich gut vorstellen, wie die Häuser im fertigen Zustand aussehen würden: schlicht und unkompliziert – perfekte Ferienhäuser. Wir entschieden uns für das am Ende des Viererblocks. Der Kauf war kompliziert (es war 1968, noch vor der Revolution, bei der Salazar gestürzt wurde), aber der Vertrag wurde zwei Wochen vor unserer Abreise geschlossen. Zwar hatten wir keine Zeit einzuziehen, aber es war noch Gelegenheit, die Kacheln für das Badezimmer, die Farben für den Anstrich und dergleichen mehr auszusuchen. Weil wir wussten, wie klein portugiesische Betten waren, gaben wir bei einem Tischler im Ort ein Bett in Auftrag. Als wir ihm die Maße mitteilten – ein Meter achtzig mal ein Meter sechzig –, fragte er uns, ob wir ein Bett oder einen Spielplatz wollten. Er versprach außerdem, uns eine Holzbank zu machen, auf die wir Kissen legen wollten, und Stühle für die Terrasse. Der Freund, der uns die Häuser gezeigt hatte, war bereit, sich um alle diese Aufträge zu kümmern, denn wir würden natürlich viele Monate nicht da sein.

Bei unserem letzten Besuch in Porto de Mos kam eine Frau aus einem der kleinen Steinhäuser, die in der Nähe der neuen Häuser standen. Sie hatte vier Kinder bei sich, drei Jungen und ein Mädchen, die uns alle neugierig anstarrten. Wir konnten gerade genug Portugiesisch, um zu verstehen, dass die Frau sich als *criada*, Hausangestellte, anbot. Sie konnte alles, sie würde putzen – was sie energisch darstellte – und waschen, alles. Sie hieß Emilia. Sie war gerade dreißig, so alt wie ich, aber ihr fehlte die Hälfte der Zähne, und sie war unglaublich dünn und ausgemergelt, lächelte aber die ganze Zeit. Wir sagten, wir würden jetzt keine *criada* brauchen, kämen aber in der Zukunft möglicherweise auf ihr Angebot zurück. Sie lächelte noch mehr und lud uns zu sich ein. Wir gingen mit ihr und setzten uns auf eine Bank, und die vier Kinder stellten sich vor uns und starrten uns an, während die Mutter ins Haus stürzte und uns Becher mit Wasser holte. Die Becher waren aus Plastik, aber das Wasser war in einer großen Karaffe. Das Innere des Hauses sahen wir nicht, wohl aber bemerkten wir das Loch im Dach und die zerbrochene Fensterscheibe und die Tür, die schief in den Angeln hing. Alles deutete auf tiefste Armut hin, aber Emilia war außerordentlich fröhlich und freute sich auf das, was diese neuen Häuser für sie und ihren Mann bedeuten konnten: Arbeit, Geld. Er war nutzlos, sagte sie, ein Trinker, aber er war stark, und wenn wir einen

Garten anlegen wollten, konnte er das für uns tun. Wir tranken das Wasser und verausgabten uns mit unserem Portugiesisch, dann verabschiedeten wir uns. Emilia und die Kinder strahlten und winkten uns hinterher. Was sie wirklich dachte und ob ihr Lächeln verschwand, sobald wir um die Ecke waren, und einem Ausdruck von Groll wich, konnten wir nicht in Erfahrung bringen. Irgendetwas stimmte an der Situation nicht, obwohl Emilia so glücklich gewirkt hatte.

Weil wir das Haus in Porto de Mos gekauft hatten, bedeutete unsere Abreise nicht den endgültigen Abschied, wie das sonst der Fall gewesen wäre. Wir reisten ab, aber wir würden wiederkommen. Dazu kam, dass unser Widerstreben abzureisen gar nicht so groß war, wie wir angenommen hatten. Wir hatten vierzehn Monate eine Art falsches Leben geführt, hatten jeden Tag Stunden am Strand verbracht, mit Schwimmen und Spielen. Hier gab es keinen Stress wie sonst in London, keinen Lärm, kein Gedränge. Keinen Verkehr. Aber es war das Leben eines Lotosessers. Zu unserem eigenen Befremden ertappten wir uns dabei, dass wir morgens beim Anblick des blauen Himmels dachten: Nicht schon wieder ein wolkenloser Tag, und uns halb die Aufregung eines Sturms wünschten, der die Wellen aufpeitschte. Zerknirscht mussten wir zugeben, dass dieses Leben zwar ruhig und beschaulich war, aber nicht stimulierend. Uns fehlte etwas. So war es vergnüglich, aber ohne jede Spannung – die Tage rollten sanft über uns hinweg, hypnotisch in ihrer Gleichförmigkeit. Dennoch hatten wir die Lektion gelernt: Diese Lebensform, für viele Menschen ein Ideal und erstrebenswert, hatte sich für uns als eine erwiesen, die wir nicht länger als vierzehn Monate aushalten wollten.

Selbst der Abschied von der Quinta, dem Haus, das wir so sehr mochten, war nicht allzu traurig. Es war seltsam – so zufrieden ich auch in der Quinta war, manchmal lag ich nachts wach und stellte mir vor, ich sei wieder in der Boscastle Road und ginge die Treppen auf und ab und zählte die Stufen, und ich war bestürzt, dass ich mich nicht erinnern konnte, ob es sechsunddreißig oder achtunddreißig waren. Und wie sah noch einmal das Muster auf der Tapete im Flur aus? Irgendwelche Vögel, aber was für welche, und wie waren sie auf der Tapete angeordnet? Eine Nachbarin schrieb, sie vermisse die Fensterkästen voller Geranien, und sofort musste ich an den Garten denken – in welchem Zustand war er? Wurde der Rasen gemäht, wurden die Blumen gegossen? Wie ging es unserem Haus?

Es war Zeit, an unseren rechtmäßigen Wohnort zurückzukehren. In den Häusern anderer zu wohnen war nicht das Richtige.

Caitlin, inzwischen fünf, und Jake, fast drei, hatten keine richtige Vorstellung von einem Zuhause. Ihre Erinnerungen an die Boscastle Road waren vage, und das Haus selbst bedeutete ihnen nichts.

Doch ihre Erinnerungen an Portugal blieben, nachdem wir wieder in London waren, erstaunlich frisch. In den Jahren darauf nahm das kleine Haus, das wir gekauft hatten, eine wichtige Stelle in ihrem Leben ein, und alle ihre »echten« Kindheitserinnerungen schienen damit verknüpft. Meistens verbrachten wir im Sommer einen Monat dort, und manchmal eine Woche zu Ostern, und einmal fuhren wir auch zu Weihnachten hin. Emilia kümmerte sich in unserer Abwesenheit um das Haus, das Geld, das sie damit verdiente, hatte sie bitter nötig, und sie war immer begierig, ihre Hilfe anzubieten. Als wir Weihnachten dort verbrachten, bestand sie darauf, den Truthahn zu besorgen. Das war viel zu großzügig, aber sie ließ sich nicht davon abbringen. Uns war allerdings nicht klar, dass der Truthahn ihr eigener war, der zu dem Zeitpunkt nichts ahnend im Garten umherlief. Wir wurden zu ihr eingeladen und saßen in einer Reihe auf der Bank, als sie mit dem Hackebeil aus dem Haus kam. Ihre Kinder trieben den Truthahn in eine Ecke, wo Emilia ihm den Kopf abhackte; das Geschrei war schrecklich, bis es vorbei war. Dann rupfte sie den Vogel und gab ihn uns, am Hals klebte noch das verkrustete Blut. Zweifellos ein ökologischer Weihnachtsbraten, aber der Vogel (an dem überdies nur wenig Fleisch war) wurde von uns ohne jede Begeisterung verspeist.

Wieder zu Hause

Wir waren nicht so lange von zu Hause weg gewesen, dass die Landung im verwirrenden Trubel von Heathrow Airport ein Schock gewesen wäre, aber die Fahrt zur Boscastle Road war bedrückender, als wir sie in Erinnerung hatten. Hier rumpelten keine Pferdewagen über die Straße, hier war eine vom Verkehr verstopfte Autobahn, auf der die Fahrer fuhren, als wäre es eine Rennstrecke. Reihen um Reihen von Häusern, dicht an dicht, dazwischen Fabriken, riesige Einkaufszentren, und überall grelle Schilder, die Waren anpriesen. Kaum ein bisschen Grün auf der Strecke, und die ganze Zeit das Gefühl, dass alles eng zusammengepresst war und nirgendwo auch nur ein Meter Platz.

Oben auf dem Highgate Hill, wo ein paar Bäume über den Dächern in Sicht kamen, gab es wenigstens diese kleine Erleichterung, und als wir endlich in unsere Straße einbogen, war sie so still wie immer. Ich betrat das Haus mit einem Gefühl der Beklommenheit und befürchtete, nichts würde so aussehen, wie es sollte, und ich würde mich als Fremde empfinden, oder mir würde unser Haus nach der Geräumigkeit der Quinta nicht mehr gefallen, und was dann? Und tatsächlich fühlte es sich fremd an, nichts stand an seinem Platz, obwohl alles sauber und ordentlich war. Aber die Fremdheit hatte weniger mit der Anordnung der Möbel zu tun als mit der Größe der Zimmer. Ich hatte sie immer als geräumig empfunden, aber nach der Quinta wirkten sie eng. Unruhig ging ich von Zimmer zu Zimmer, nahm buchstäblich mein Territorium wieder in Besitz und war mir gar nicht sicher, ob ich das Haus so gut kannte, wie ich immer gedacht hatte.

Dann kam Mrs Hall, die bei ihrer Tochter in Amerika gewesen war, zurück und behauptete, dies sei ihre letzte Reise gewesen, von jetzt an würde sie einfach zu Hause bleiben. Wir nahmen die Nachricht schlecht auf. Dass die Zimmer plötzlich klein erschienen, war das eine, viel schlimmer war die Erinnerung an die Tatsache, dass wir immer noch eine Mitbewohnerin in unserem Haus hatten. Kein Zweifel, jetzt war es so weit: Einer musste gehen, entweder Mrs Hall oder wir. Vielleicht konnten wir sie überreden auszuziehen.

Wir hatten vor, ihr eine Wohnung zu kaufen, die sie von uns zu denselben Bedingungen mieten konnte wie die jetzige und in der sie Mietrecht auf Lebenszeit haben würde. Ziemlich nervös und unsicher, wie sie den Vorschlag aufnehmen würde, erklärten wir unseren Plan. Im ersten Moment glaubte sie, wir wollten sie womöglich betrügen. Wie konnte sie sicher sein, dass sie in einer anderen Wohnung genauso geschützt war wie in unserem Haus, wo sie als unkündbare Mieterin wohnte und das Gesetz hinter sich wusste? Sie sagte, sie müsse eine entsprechende Vereinbarung bei der Bürgerberatung überprüfen lassen. War uns recht. Dann stellte sie Bedingungen: Die Wohnung musste innerhalb von ihr bestimmter Grenzen liegen. Kentish Town bis zum Polytechnic College wäre akzeptabel, Tuffnell Park nicht mehr. In die Richtung war ihre Grenze Dartmouth Park Hill und auf der anderen Seite Highgate Road. Sie würde sich auch mit ihren Töchtern besprechen, sagte sie und warnte uns, dass eine »für Churchill gearbeitet« hatte und »sich auskannte«.

genes Schlafzimmer, und das zusätzliche Schlafzimmer stand bereit für unsere vielen Verwandtenbesuche aus Carlisle.

Bisher hatten uns weder meine Eltern noch meine verwitwete Schwiegermutter besucht, unsere Brüder und Schwestern jedoch waren alle schon bei uns gewesen, als das Haus noch in einem schlimmen Zustand war. Unsere Eltern, das wussten wir, waren von unserem Haus enttäuscht. Ein viktorianisches Haus war nicht das, was sie sich als Wohnhaus vorstellten: zu viele Treppen, die Zimmer zu groß, die Decken zu hoch. Die moderne Doppelhaushälfte meines Bruders in Stanwix, Carlisle, war für sie das ideale Haus. Wenigstens fand der Garten ihre Zustimmung, obwohl mein Vater entsetzt war, wie viel der Fläche für Rasen verschwendet wurde, wenn man darauf doch hätte Kartoffeln pflanzen können. Meine Schwiegermutter meinte nur, wir hätten viel Platz für Untermieter.

Hier waren wir also, das Haus verwandelt und endlich ganz unseres. Das Freiheitsgefühl nach dem Auszug von Mrs Hall war unglaublich. Wir waren zu Hause in unserem Haus.

Und hier war ich, Anfang der Siebzigerjahre, zufrieden in meinem Haus, so zufrieden, dass ich mir noch ein Kind wünschte. Flora kam im Oktober 1972 zur Welt, kurz nachdem ich mich das erste Mal an einer Biografie (von Bonnie Prince Charlie, dem schottischen Prinzen) versucht hatte. Unser Haus war voller Menschen und Leben.

Nach Floras Geburt blieb kaum Zeit zum Schreiben. Ich schaffte eine Stunde am Vormittag, während sie schlief, danach ging ich mit ihr raus auf die Heath, dann holte ich Caitlin und Jake von der Schule ab, die oft Freunde mit nach Hause brachten. Von da an war es hektisch und laut, und dann war es Zeit, das Essen für alle zu kochen. Später schreiben, wenn Hunter zu Hause war? Unmöglich. Ich war so müde, dass ich nicht einmal einen Stift halten konnte. Manchmal las ich von anderen Schriftstellerinnen, die, als sie in einer ähnlichen Situation waren, in ein Hotel gegangen waren oder sich ein Zimmer gemietet hatten, um zu schreiben, aber das war mir unvorstellbar – ich wusste, wenn ich nicht in meinem eigenen Haus war, würde ich überhaupt nicht schreiben können. Meine Umgebung war immens wichtig. Ein bisschen brachte ich aber doch zuwege, zwischendurch. Und darüber war ich froh.

Aber drei Jahre später sollte das Haus für mich eine ganz andere Bedeutung annehmen und zu einem Zufluchtsort werden, wie ich es mir nie vorgestellt hatte.

Es ist zu bedrückend, alle Einzelheiten der Krebserkrankung aufzuzählen (und obwohl es eine sehr persönliche Krankheit ist, weigere ich mich, sie zu personalisieren und von »meinem« Krebs zu sprechen), die 1975 begann oder sich zu dem Zeitpunkt zum ersten Mal zeigte. Ich erinnere mich an jede Einzelheit, natürlich, und sehr deutlich, aber zweifellos weiß mittlerweile jede, wie das bei Brustkrebs geht: das Ertasten eines Knotens, die Diagnose, die Biopsie, die Operation etc. Der Krebs, den ich entdeckt hatte, führte im April 1975 im Royal Free Hospital, Hampstead, zu einer Mastektomie. Es war ein winziger Knoten von geringer Bedrohlichkeit, weswegen eine Strahlenbehandlung für überflüssig gehalten wurde. Meine behandelnde Ärztin, Miss George, hatte eine kurz angebundene und ungeduldige Art. Sie trommelte ihr Team in militärischem Ton zusammen und hielt ihm im Stehen einen Vortrag, in dem sie all die Gründe aufzählte, warum ich nicht der Typ für Brustkrebs sei – mein Alter (sechsunddreißig), drei Kinder, die ich, jedes neun Monate lang, gestillt hatte, gute Gesundheit, Nichtraucherin –, und erklärte, es sei wahrscheinlich ein »Zufall«, einfach »Pech«.

Wahrscheinlich. Ein düsteres Wort. Ich analysierte die Bedeutung immer und immer wieder und kam jedes Mal auf eine neue Interpretation. Ich war in Gedanken noch bei meinem selbst erfundenen Wahrscheinlichkeitsgesetz, als eine Frau zu mir kam, um über eine Brustprothese zu sprechen. Sie sagte, wenn ich die erst hätte, wäre ich »so gut wie neu« und würde mich wahrscheinlich so schnell daran gewöhnen, dass ich kaum einen Unterschied feststellen könnte. Lachen tat weh, die Drainage war noch nicht gezogen, die Wunde war noch verbunden, ich musste also an mich halten. Ich lag im Bett und fand es doch überaus seltsam, dass alles sich darum drehte, wie ich *aussehen* würde, nicht, wie ich mich fühlte oder wie ich mit dem Wissen, dass ich diese Krankheit hatte, zurechtkam. Zum Glück konnte ich in Ruhe meinen Gedanken nachgehen, denn zufällig hatte ich ein Einzelzimmer (es wurde zu dem Zeitpunkt nicht gebraucht). Ich versuchte das Zimmer wie ein Zimmer zu Hause zu behandeln. Ich durfte die Zeichnungen meiner Kinder an die Wand kleben, und auf dem Bord unter dem Fenster standen ein paar meiner Bücher und ein paar Dinge von zu Hause. Die Krankenschwestern waren von meinem geliebten Füller nicht besonders angetan, weil er klecksen konnte, deshalb benutzte ich einen Kugelschreiber und versuchte, mein Bett in einen Schreibtisch zu verwandeln.

Es gelang mir aber nicht, die Atmosphäre von meinem Haus heraufzubeschwören. Ich versuchte mir zu sagen, dass ein Krankenhaus auch ein Haus sei, wenn auch ein sehr großes mit vielen Zimmern und langen Fluren. Es hatte ein Dach und Wände, viele Wände, durch die die Patienten vor Regen und Kälte geschützt waren. Es war also gut, hier drin zu sein. Allerdings nicht für mich. Ich wollte in meinem eigenen Haus sein, wo ich, davon war ich überzeugt, schneller gesund werden würde. Das Nachhausekommen selbst war heilsam. Sobald ich zu Hause angekommen war, überspülte mich Erleichterung wie die abziehende Flut – ich war wieder im Trockenen, in den vertrauten Mauern, die mir Sicherheit gaben. Und so änderte sich die Bedeutung, die das Haus für mich hatte. Es nahm eine magische Qualität an: Wenn ich im Haus blieb, war ich geschützt. Ich wusste natürlich, dass dies Unfug war, aber das waren meine Gefühle. In den Wochen danach machte ich manchmal auf der Heath einen Spaziergang und war plötzlich überwältigt von dem dringenden Wunsch, wieder im Haus zu sein. Ich ging schneller, fing fast zu rennen an, und wenn ich zu unserer Haustür kam, konnte ich den Schlüssel nicht schnell genug aus der Tasche holen, um wieder hineinzugelangen. War ich erst drinnen, stellte ich mich einen Moment mit dem Rücken an die Haustür, und der normale Anblick der Treppe vor mir, von einem Spielzeug auf der Stufe, von einem Korb sauberer Wäsche, der nach oben gebracht werden musste – all das beruhigte mich. So ging es mir wieder gut, ich war umfangen von meinem vertrauten Zuhause.

Man hatte mir gesagt, ich solle den Krebs »vergessen« und »normal weiterleben«. Ich vergaß den Krebs nicht, aber ich lebte normal weiter, das ja. Zu dem normalen Leben gehörte eine Biografie von W. M. Thackeray (die später zu einer fiktionalisierten Autobiografie wurde). Mir ging es gut, ich hatte mich an das Leben mit einer Brust gewöhnt. Die Ausnahme waren solche Tage, an denen ich zu Kontrolluntersuchungen das Haus verlassen musste. Die Klinik war immer überfüllt, die Wartezeit lang, und einige der Wartenden hatten offensichtlich Schmerzen. Man konnte unmöglich nicht mithören, was die Menschen zu ihren Begleitern sagten (die meisten hatten jemanden an ihrer Seite, ich ging immer allein), und viele der mitgehörten Gespräche waren beängstigend. Eine

Frau erzählte von ihren Erfahrungen – »Der Arzt hat gesagt, es ist Stufe eins und ich brauche keine Strahlenbehandlung« – und fuhr fort: »Und jetzt ist es in meinen Knochen, und dann sagt diese Miss George zu dem anderen Arzt, die Prognose sei schlecht, und denkt, ich bin zu blöd, um das zu verstehen.« Die meisten Frauen fanden sich geduldig mit ihrem Schicksal ab, aber es gab auch andere, die laut und verbittert klagten und behaupteten, ihre Fragen seien nicht beantwortet worden, ja, manchmal habe man ihnen nicht einmal Gelegenheit gegeben, sie zu stellen. Außerdem sprachen sie über Artikel, die sie in Zeitungen oder Zeitschriften gelesen hatten und in denen behauptet wurde, niemand wisse, was man bei Brustkrebs wirklich tun solle, und dann zitierten sie lauter deprimierende Statistiken. Tage in den Siebzigerjahren, an denen ich in die Klinik musste, waren schlechte Tage, auch wenn mir nichts Schlimmes widerfuhr.

Folgender Gedanke beschäftigte mich: Wenn es so ist, wie viele behaupten, nämlich dass der Körper eine Behausung für den Geist und den Verstand ist, dann muss der, der in ihm wohnt, den Zustand der Behausung ständig überwachen. Bevor ich den winzigen Knoten fand – und ich fand ihn nur, weil ich mich nach den überall veröffentlichten Anweisungen für Frauen zur regelmäßigen Selbstuntersuchung gerichtet hatte –, gab es keinerlei Symptome, die auf Krebs hindeuteten, wie konnte man also glauben, dass es keinen Grund zur Sorge gab, bloß weil man sich gesund fühlte? Natürlich gab es Grund zur Sorge. Allein meiner eigenen Wachsamkeit war es zu verdanken, dass ich den Knoten entdeckt hatte, also war es an mir, allzeit wachsam zu sein. Allerdings war das so anstrengend, dass man davon leicht zu einem nervösen Wrack werden konnte. Den Krebs »vergessen«, das war ein lachhafter Rat, schließlich gab es die sichtbare Erinnerung an das, was geschehen war. Und zu sagen, man wolle den Krebs »bekämpfen« und zu einer »positiven« Einstellung finden, war ebenfalls nicht hilfreich. Es gab nichts zu kämpfen, und eine positive Einstellung hatte keine nachweisbare Wirkung, setzte aber die Patientin noch mehr unter psychologischen Druck. Vielleicht – wenn der Körper tatsächlich so etwas wie ein Haus ist – sollte man eher denken, dass dieses Haus Holzwurm hat oder Schimmel oder etwas Ähnliches, das man bis zu einem gewissen Grade behandeln kann, ohne dass man je die Gewissheit hat, dass der Befall ganz entfernt worden ist. Vielleicht ist in den Balken im Dach oder ganz unten in den Dielen ein kleiner, winziger Rest, der sich, waren nur die entsprechenden Bedingungen gegeben, erneut im ganzen übrigen Haus ausbreiten würde, in all die Ecken hinein, die bis dahin dem Anschein nach völlig unbeschädigt gewesen waren. So, das war meine Lesart der Situation, in der ich mich befand.

In der Zeit, als all das passierte, hatten wir in Upper Wardington, Northamptonshire, ein Wochenendhäuschen. So schön die Heath auch war, sie war kein Ersatz für offene Landschaft, außerdem kamen am Wochenende viele Besucher, deshalb schien es uns eine gute Idee, von Freitag bis Montag aus London zu fliehen, um zwischen Feldern zu leben und lange Spaziergänge zu machen. Das Häuschen konnte keineswegs ein elegantes Wochenendhaus genannt werden, im Stil eines Cottage in den Cotswolds, aber es lag am Ende eines Feldwegs, am Rande eines Dorfes, und es hatte einen großen Garten, der von niemandem eingesehen werden konnte.

Wir hatten es vier Jahre, so lange, bis wir begriffen, dass die Wochenendaufenthalte nichts für uns waren, besonders nicht für mich. Ich war gerne dort, aber ich mochte das Ankommen und das Abfahren nicht, und als der Krebs hinzukam, war es einfach zu viel. Wenn wir Caitlin und Jake, jetzt acht und sechs, jeden Freitag von der Schule abholten und auf der M1 nach Norden brausten, um dem Abendverkehr zuvorzukommen, war dies alles für mich sehr anstrengend, die ganzen Vorbereitungen, bevor wir losfuhren, und am Sonntagabend oder früh am Montagmorgen dachte ich: Warum fahren wir bloß wieder weg, wo wir uns gerade eingewöhnt haben und wo es hier doch so still und schön ist? Außerdem hatte ich das Gefühl, beiden Häusern untreu zu sein. Welches Haus mochte ich lieber? Oder wo war ich lieber? Und wenn die Antwort dazu war: Auf dem Lande, warum suchten wir uns dann nicht hier ein Haus, das so viel Platz bot wie das in der Boscastle Road? Welch ein Luxus, diese Möglichkeit zu haben. Aber eins der Häuser musste weg.

Meine Gesundheit drängte zu der Entscheidung, das Wochenendhaus aufzugeben, und dann tat ein Einbruch in der Boscastle Road ein Übriges. Dies war nicht wie der Einbruch damals, als ich in der Richardson Street wohnte, sondern eine gründlich ausgeführte Tat. Wir hatten es den Einbrechern leicht gemacht, sie brauchten nur die dünne Sperrholztür hinten am Haus einzudrücken, wo während der Osterferien wieder Arbeiten ausgeführt wurden, bei denen die Küche nach hinten erweitert wurde. Nachdem die Einbrecher erst im Haus waren, blieben sie (so vermutete die Polizei) zwei Tage, schliefen und aßen dort und ließen sich Zeit mit ihrer Arbeit. Einmal sah das Au-pair-Mädchen gegenüber, wie jemand die Vorhänge zuzog, sie winkte hinüber, und die Person winkte zurück.

Es war der Anblick des wilden Durcheinanders, der uns schockierte, weniger das, was fehlte. Die Methode der Einbrecher hatte darin bestanden, alle Schubläden und Schränke auszuleeren und dann die Dinge auf dem Fußboden mit den Füßen durchzuwühlen, um zu sehen, ob etwas Wertvolles dabei war. Im Haus war kein Geld, was die Einbrecher sicherlich empörte, und der Fernseher, den wir inzwischen hatten, war ein kleines Schwarz-Weiß-Gerät. Nachdem wir das Chaos gesichtet hatten, stellte sich heraus, dass nur wenig fehlte – eine tragbare Uhr, ein Radio, eine Silberschatulle. Ich hatte keinen wertvollen Schmuck, eine Korallenkette war aus der Schachtel gekippt und dann liegen gelassen worden. Merkwürdig war, dass zwei bunte Häkeldecken, die meine Mutter für die Betten der Kinder gemacht hatte, fehlten. Sie seien benutzt worden, so vermutete die Polizei, um Dinge darin einzuschlagen. Und diese »Dinge« waren alle Beatles-LPs, die Hunter besaß, einschließlich *Sergeant Pepper,* mit Autogrammen aller vier Beatles. (Ich hoffe, die Einbrecher haben sie gut aufgehoben, die *Sergeant Pepper*-Platte ist heute 57 000 Pfund wert.)

Damals (1976) hatte kein Haus in unserer Straße eine Alarmanlage, aber bald darauf wurden sie eingebaut. Unsere war ein Ärgernis, weil sie sich dauernd selbst auslöste und uns bei den Nachbarn unbeliebt machte. Aber obwohl wir an den Wochenenden nicht mehr wegfuhren, nachdem das Wochenendhaus verkauft war, verreisten wir in allen Schulferien. Meistens – von dem einen Monat im Sommer abgesehen, wenn wir an der Algarve waren – verbrachten wir die Ferien bei unseren Eltern in Carlisle. Wir konnten weder bei meinen Eltern noch bei meiner Schwiegermutter zu fünft unterkommen, deswegen teilten wir uns auf ihre beiden Bungalows auf. Wir dachten, wenn wir ein Häuschen in den Fells hätten, von dem aus wir binnen einer halben Stunde in Carlisle sein könnten, wären diese Ferien viel angenehmer. Und es wären keine Wochenendaufenthalte, denn meistens würden wir volle zwei Wochen bleiben.

Wir kauften ein winziges Häuschen, zwölf Meilen außerhalb von Carlisle, das nur zwei Zimmer hatte, eins unten, eins oben. Es war in einem noch schlimmeren Zustand als das Haus in der Boscastle Road, als wir es kauften. Es war im achtzehnten Jahrhundert gebaut worden, und angeblich hatte John Peel, ein berühmter Jäger, dort gelebt. Es lag inmitten der wilden Landschaft, an einem Feldweg, der bei Regen zu einem Sumpf wurde. Die Beschreibung »renovierungsbedürftig« war diesmal wörtlich zu verstehen, denn es gab keine Küche, kein Badezimmer, einen gestampften Fußboden und ein Loch im Dach. Neben dem Haus stand eine zerstörte Scheune, an der eine Seitenwand komplett fehlte. Am Rand der dreizehn Hektar Land, die dazugehörten, verlief ein Bach.

Genau das, was wir wollten.

Aber der Zeitpunkt war der falsche. Wir kauften das Häuschen 1977. Die Instandsetzung würde sechs Monate dauern, bevor die Arbeiten jedoch vollendet waren und wir in das Haus einziehen konnten, lag ich schon wieder im Krankenhaus. Diesmal war der Krebs ernster, und ich lag im Royal Marsden, nicht im Royal Free (mein Hausarzt, der beim ersten Mal im Urlaub gewesen war, bestand darauf: Das Marsden sei das beste Krankenhaus). Nach dieser zweiten Brustamputation im Januar 1978 sprach niemand mehr von »Zufall« oder »Pech«. Der Tumor war klein, aber der Krebs war in zwei von zwanzig Lymphknoten gewandert, und nach der Operation wurden mir sechs Monate Chemotherapie verordnet. Ich kam in eine Versuchsgruppe, in der ein Computer entschied, ob die Behandlung per Infusionen – dann würden mir die Haare ausfallen – oder mit Tabletten – dann würde ich an Übelkeit leiden – durchgeführt würde. Der Computer zog für mich die Tablettenbehandlung, was ich als Erleichterung empfand, nicht wegen der Haare, die mir jetzt nicht ausfallen würden, sondern weil ich so zu Hause bleiben konnte.

Die Marsden-Erfahrung war gruselig. Das Krankenhaus wurde gerade umgebaut, und einige Stationen waren geschlossen, was bedeutete, dass andere, auch die, auf der ich lag, überbelegt waren. Patienten, die im Sterben lagen, waren Bett an Bett mit denen, die nicht in diesem traurigen Stadium waren. Ein eigenes Zimmer stand völlig außer Frage – ich hatte schon Glück, dass ich ein eigenes Bett hatte –, und es war absurd zu denken, das Krankenhaus sei ein Haus, das ich meinen Bedürfnissen anpassen konnte. Es war eine Institution, die sich heldenhaft bemühte, ihr Bestes zu geben, und so fühlte es sich auch an. Aber ich hatte, um das Positive zu erwähnen, einen freundlichen, sympathischen und einfühlsamen Arzt, Mr McKinna, der, so schien es, vierundzwanzig Stunden am Tag arbeitete und trotzdem immer Zeit für einen Plausch hatte. Er hatte außerdem einen lebhaften Oberarzt, einen Amerikaner, der für sechs Monate von einem New Yorker Krankenhaus geschickt worden war und die Nachsorge für Brustkrebspatienten schockierend fand, während er bei den Operationsmethoden keine Unterschiede zwischen beiden Ländern feststellen konnte.

Diesmal war es schwieriger, viel schwieriger, mit der Situation zurechtzukommen, und nicht nur wegen der bevorstehenden Chemotherapie. Auf unserer Station lag eine Patientin, die an einem Gehirntumor starb. Ihr Bett stand in einem mit Stellwänden abgetrennten Teil der Station, der aber nicht lärmisoliert war, und die ganze Nacht hörten wir die arme Frau jammern: »Die Schmerzen, die Schmerzen, die Schmerzen«, und dann: »Kann jemand mich drehen, helft mir, irgendjemand, helft mir!«, und dann begann sie zu schreien. Keine von uns konnte etwas tun, aber einmal hörten wir voller Entsetzen, wie eine der Schwestern sie anschrie: »Seien Sie still! Drehen Sie sich doch selbst.« Dieselbe Schwester kam dann zu unserem Teil und sagte, wir sollten uns keine Sorgen machen, diese Frau müsse hart angefasst werden. Als sie die Runde gemacht hatte, ging sie wieder zu der Sterbenden und sagte: »Jetzt seien Sie still, Sie führen sich auf wie ein verwöhntes Baby und stören die anderen Patienten.« Danach konnte keiner mehr schlafen. Ich versuchte mich zu beruhigen, weil ich wusste, ich würde sonst als »hysterisch« abgeschrieben und niemand würde mir zuhören, dann bat ich, die Oberschwester sprechen zu dürfen, der ich alles berichtete. Sie hörte aufmerksam zu und sagte, sie würde der Sache nachgehen. Wir sahen die Schwester nie wieder, vielleicht war sie von einer Arbeitsvermittlung geschickt worden.

An dem Tag, als ich mit der Chemotherapie begann, lag ich noch im Krankenhaus. Im Bett neben mir, um das grünblaue Vorhänge gezogen waren, verlas ein Priester bei einer Patientin die Sterbesakramente; am anderen Ende der Station sprach ein viel jüngerer Priester mit einem irischen Mädchen, und sechs Verwandte saßen in Tränen aufgelöst dabei. Die Priester grüßten einander nicht. Es war eine angemessen ernste Atmosphäre, in der ich mir die kleine weiße Pille in den Mund steckte und mich dabei fragte, ob man in hundert Jahren dieses Medikament als Gift, als nutzlos oder als großen Lebensretter betrachten würde. Mein Nichtwissen hätte nicht größer sein können. Ich konnte an der Entscheidung, ob eine Chemotherapie das Richtige war, nicht mitwirken, weil ich keinerlei medizinische Kenntnisse hatte. Ich hätte das Für und Wider nicht abwägen können. Vertrauen in den Arzt war wesentlich, die Möglichkeit, selber zu bestimmen, bestand nicht. Zum Glück weckte Mr McKinna Vertrauen. Er erklärte, auch er könne nicht wissen, ob die Chemotherapie wirken würde, noch, ob sie überhaupt notwendig sei, aber er *hielt* sie für notwendig. »Zwei Tumore in drei Jahren und andere aktive

Herde plus eine Ausbreitung in die Lymphknoten, wenn auch eine kleine – da kann ich es nicht riskieren. Wenn ich mich irre, habe ich Sie umsonst dieser unangenehmen Erfahrung ausgesetzt, aber ich glaube, ich irre mich nicht.«

Am nächsten Tag kehrte ich nach Hause zurück, aber nicht auf direktem Wege. Aus Trotz gegen alles und weil es ein herrlicher Wintertag war, fuhr Hunter mit mir vom Krankenhaus nach Kenwood, und wir machten einen Spaziergang auf der Heath. Es war bitterkalt, aber der Himmel war freundlich – blau und wolkenlos –, und über dem Gras schwebte ein zarter Dunst, der sich bald auflöste. Ich kam mir vor wie ein entkommener Gefangener, FREI, endlich. Dann fuhren wir nach Hause, und nach Hause zu kommen war noch besser, als draußen zu sein. Es war unglaublich, dass ein gewöhnliches viktorianisches Haus die Macht hatte, in mir ein solches Gefühl der Erleichterung und des Glücks hervorzurufen, aber so war es. Ich war in alles verliebt, von dem Moment, da ich durch die Tür kam und das Muster der Tapeten sah und die Bilder an der Wand und den großen Spiegel mit dem vergoldeten Rahmen und das lange Kiefernbord darunter, und dann das Wohnzimmer mit den orangefarbenen Sofapolstern und dem großen Kieferntisch und all den Büchern und anderen Dingen, alles so vertraut und doch ein solcher Schock, der Schock, dass ich mich damit identifizierte, dass ich wusste, all das hatte eine *Bedeutung*. Die Freude, wieder im eigenen Bett zu liegen, oben in unserem Schlafzimmer, war ungeheuerlich, und ich lag da und betrachtete die helle, gelb-weiße William-Morris-Tapete und Sheila Fells Gemälde von einem Feld zur Erntezeit und die Schale von Clarice Cliff auf dem Bord darunter und die gerahmten Familienfotos an der anderen Wand, und ich sah aus dem Fenster, auf die nackten schwarzen Äste der riesigen Platane im Nachbargarten, die sich in den Himmel reckten. Immer wieder schlief ich ein, und wenn ich aufwachte, prüfte ich, dass dies die Wirklichkeit war, dass ich wirklich zu Hause war, *in meinem Haus*, und ich war überglücklich, weil ich wusste, dass ich jetzt genesen und mein Körper heilen konnte.

Vieles musste heil werden, und das Haus konnte nicht alles bewerkstelligen. Ich war erschöpft von der seelischen Anstrengung, »normal« zu sein. Nach der zweiten Mastektomie kam ich mir körperlich unproportioniert vor, als wäre mein Körper konkav, mit einer seltsamen lang gezogenen Delle vom Kinn bis zur Taille, und erst darunter begannen die normalen Dimensionen. Ich hatte mir anscheinend einen anderen Gang angewöhnt, bei dem ich mich etwas nach hinten lehnte, als müsste ich das Gleichgewicht austarieren, was lächerlich war. Außerdem fing ich an, mich in gerüschte Hemden zu kleiden, und konnte mich nicht entscheiden, ob ich Prothesen tragen wollte. Nach der doppelten Brustamputation war alles anders, denn jetzt ergab es keinen Sinn mehr zu sagen, ich würde schief aussehen und damit Aufmerksamkeit auf mich ziehen und müsste schon deshalb eine Prothese tragen. Jetzt hatte ich die Wahl. Ich wäre nicht schief, sondern einfach flachbrüstig, und es gab keinen Grund, warum ich diese dummen Dinger tragen sollte, als wäre ich ein Verkleidungskünstler. Eitelkeit hingegen – war es Eitelkeit? – zog mich in die andere Richtung. Wenn ich mich zu diesen Ersatzbrüsten entschied (die in Form und Beschaffenheit viel besser geworden waren), würde ich mich dann nicht eher »normal« fühlen und auch normal aussehen? Ich wünschte, wir wären in den 1920er-Jahren, als Flachbrüstigkeit das Gebot der Mode für alle Frauen war.

Ich stattete einem kleinen Raum in der Clifford Street, die von der Bond Street abgeht, einen makabren Besuch ab: Zwei lächelnde, stark geschminkte Frauen in weißen Kitteln boten hier einen Nachsorgeservice für Patienten an, wobei unklar war, wer ihn finanzierte. Überall standen Kartons mit falschen Brüsten, sie türmten sich unter den Zertifikaten für alle erdenklichen Prothesen und Hilfsmittel, und ich konnte mich zwischen Schreibtisch und Schiebewagen und einem elektrischen Wasserkocher, vor dem drei Gläser Pulverkaffee und eine Packung Teebeutel standen, kaum bewegen. Die Frauen waren überaus stolz auf ihre Waren, brachten eine Brustprothese nach der anderen zum Vorschein und erläuterten die verschiedenen Formen, dann fragten sie höflich, ob ich mich mit einem dieser Hilfsmittel »sehen« könne. Als es aufhörte, einfach nur widerlich zu sein, wurde es, vielmehr wurde *ich* hysterisch. Es war, als führten wir ein freundliches Gespräch über Wollhandschuhe und erörterten deren Größe, Gewicht und Material. Ich beschloss, das »allerneueste Modell« zu probieren, das ziemlich abstoßend aussah, aber die beiden Frauen übertrafen sich in ihren Lobeshymnen und schworen, ich würde den Unterschied zu echter Haut kaum merken. Dieses Modell, erklärten sie, war innen hohl, folglich praktisch gewichtslos, und haftete an der Brust. Sie hatten es eilig, zwei Exemplare an mir anzubringen, und das taten sie mit leichter, zärtlicher Berührung, während ich mich wand und nur deshalb nicht schreiend die Flucht ergriff, weil ich mir fortwährend sagte: »Besser als ein falsches Bein, besser als ein falsches Bein.« Direkt anschließend ging ich zu Russel & Bromley's und kaufte mir ein Paar wunderschöne glänzende, knallrote Gummistiefel. Besser als ein falsches Bein, besser als ein falsches Bein…

Trotzdem hatte ich das Gefühl, dass es ein Irrtum war oder dumm von mir, nachgegeben zu haben. Warum sollte ich so tun, als hätte ich Brüste, wenn ich keine mehr hatte? War ich deswegen weniger eine Frau? Bedeutet Frau zu sein, Brüste zu haben? Ich verbrachte Stunden damit, mir vorzustellen, dass alle Frauen, die ich bewunderte, keine Brüste hatten und dass – noch absurder – berühmte Schönheiten keine Brüste hatten – ah, hier musste ich einen Unterschied einräumen. Marilyn Monroe war nicht Marilyn Monroe ohne dieses Dekolleté, es gehörte unbedingt dazu. Eine Zeit lang stand ich unter dem Zwang, jede Frau, der ich begegnete, anzusehen und sie mir ohne Brüste vorzustellen. Es war interessant, dass es bei manchen Frauen nichts ausmachte und ihnen kaum etwas fehlte, während es bei anderen ein ernstlicher Mangel war, sodass ich ihnen ihre Brüste schnell wiedergeben musste. In den ersten Wochen spielte ich dieses Spiel bis zum Abwinken, aber es war harmlos, niemand wusste ja, dass ich das tat.

Unterdessen nahm der Genesungsprozess seinen Verlauf, desgleichen die Chemotherapie. Ich hatte keine Übelkeit. Die Erfahrung war nicht weiter schlimm, von der schrecklichen Müdigkeit abgesehen, aber natürlich sind die meisten Mütter mit drei Kindern ständig müde. Ich ging regelmäßig zur Blutabnahme, weil überprüft werden musste, dass die Anzahl der weißen Blutkörperchen bei der Chemotherapie nicht zu stark zurückging. Mitte Februar – die Testergebnisse waren zufriedenstellend und ich fühlte mich kräftig genug – beschlossen wir, endlich, endlich, uns das Haus in Caldbeck anzusehen, wo nahezu alle Renovierungsarbeiten abgeschlossen waren. Hunter schrieb gerade ein Buch über den Lake District, er konnte also die Fahrt mit seiner Arbeit kombinieren und fuhr mit dem Auto voraus. Ich kam drei Tage später mit dem Zug nach, und meine Schwägerin blieb bei den Kindern. Bevor er losfuhr, hatten wir wegen der Sachen, die er ins Auto packte, gestritten. Er hatte mir versprochen, wir würden das Haus in Caldbeck als reines Wochenendhaus betrachten, nicht als echtes Zuhause, und es karg und spartanisch möblieren, was schon deswegen nötig war, weil es so klein war. Aber er hatte das Auto, zusätzlich zu den Dingen, die ich für das Häuschen gekauft hatte, mit Dingen vollgepackt, die sich, wie er sagte, »als nützlich erweisen konnten«. Darunter waren ein altes Kopfteil aus Bambus, ein marode aussehender Schlauch, zwei Steintöpfe, aus denen man Lampen »machen könnte«, sechs leere Kaffeegläser, ein Flickenteppich, den seine Mutter uns geschenkt hatte und den ich immer schon verabscheut hatte, und ein Hocker, dessen Sitz aus Korbgeflecht sich auflöste.

Die Zugfahrt nach Windermere war eine aufregende Unternehmung – wieder war da das Gefühl, draußen zu sein, nach gelungener Flucht. Erst sechs Wochen zuvor war ich aus dem Krankenhaus entlassen worden, und schon jetzt war ich imstande, einen Zug zu besteigen und übers Wochenende zu verreisen. Wir übernachteten in einem Hotel und fuhren am nächsten Morgen zu dem Häuschen. Es war, als wären wir in einem Märchen angekommen. Als ich den Riegel an der hölzernen Tür zurückschob und hineinging, war ich mir nicht sicher, ob ich Rotkäppchen war und erwartete, dass der Wolf, als Großmutter verkleidet, auf mich wartete, oder ob ich einer der Drei Bären war, der nach Hause kam und erstaunt sein Schälchen leer vorfand. Der winzige Raum war voller Stillleben, die alle gemalt werden wollten, angefangen mit dem kleinen Fenster, an dem die von mir genähten roten Vorhänge hingen, bis zu dem alten Kamin, der eine ganze Wand einnahm und in dem Holzscheite ordentlich gestapelt waren. Der Fußboden war aus Steinfliesen, die dicken Wände waren verputzt und weiß gestrichen. Unter dem Fenster stand ein Tisch mit einer rot-weiß karierten Tischdecke, und ein schmales zweisitziges Sofa passte gerade noch in das Zimmer hinein. Es gab keine richtige Küche, nur eine Nische, die vom Hauptraum abging, mit einem Steinbecken, daneben ein Herd. Eine steile Steintreppe führte zu einem Schlafzimmer auf der einen Seite und einem winzigen Zimmer auf der anderen. Das Badezimmer war ein Geniestreich und passte unter die Treppe. Man konnte nicht umhin, alles zu bewundern.

Das Haus war so gebaut, nämlich tief in den Erdboden hinein, dass es der Macht der heftigen westlichen Winde trotzte. Es gab nur zwei kleine Fenster, eins im Wohnzimmer, das andere im Schlafzimmer. Viel konnte man von dort aus nicht sehen, aber es ging nicht um den Ausblick: Wind und Kälte fernzuhalten war viel wichtiger. In der ersten Nacht kam starker Sturm auf, er heulte und tobte um uns herum, aber das Haus stand fest, nirgendwo auch nur ein Rütteln. Es duckte sich, wie es sich immer geduckt hatte, und drinnen fühlten wir uns sicher und geborgen. Anders als draußen. Am nächsten Morgen war es ein Schock, vor die Tür zu treten und den Wind zu spüren, der zu dem Zeitpunkt schon nachgelassen hatte. Wir machten uns auf zu der Bergstraße oberhalb von Caldbeck, wo sich das raue Land zu den Fells in der Ferne ausdehnt und wo einige der Bäume vom Wind so gedrückt werden, dass sie fast waagerecht stehen und mit der Krone den Boden berühren. Über uns spannte sich ein Regenbogen, der auf beiden Seiten, so kam es uns vor, von bauchigen Wolken gehalten wurde wie in einer Verankerung. Das Gefühl von offener Landschaft war überwältigend, meilenweit erstreckte sich das grüne Land, überall grasten Schafe, und in der Ferne wanderten Ponys über die nicht abgezäunte Straße.

Sich vorzustellen, wie das Leben in dem Haus für diejenigen gewesen sein musste, die vor uns hier gelebt hatten, war nicht schwer. Alles an dem Leben war mühevoll gewesen und verlangte anstrengende körperliche Arbeit. Allein das Feuer am Brennen zu halten – zum Heizen, zum Kochen – bedeutete, dass man unablässig Holz sammeln musste. Der Kamin verschlang das Holz geradezu. Die Scheite, die wir hatten liefern lassen, waren im Nu aufgebraucht. Der Kamin war so groß, dass ein halber Wald gebraucht wurde, um das Feuer in Gang zu halten, und wenn es ausging, war die Kälte extrem. Beim Aufstehen am Morgen musste als Erstes das Feuer neu angefacht werden, aber wahrscheinlich hatten die, die früher hier gewohnt und auf dem Lande gearbeitet hatten, sich morgens nicht die Mühe gemacht. Sie sind gleich rausgegangen, ohne etwas Warmes zu trinken, ohne zu essen, es sei denn, im Kamin war noch ein bisschen Glut, und das Feuer konnte schnell wieder zum Brennen gebracht werden. Die Toilette war hinter dem Haus, und wollte man sich waschen, musste man mit dem Eimer Wasser aus der Regentonne ins Haus holen. Im Vergleich dazu lebten wir in Luxus und großer Bequemlichkeit, und dessen waren wir uns nur zu gut bewusst.

Wenn wir das Haus verließen, das so behaglich war und einen solchen Schutz bot, war es für uns jedes Mal eine Überraschung, dass es eine Außenwelt gab, in der wir nicht mehr als ein Zwinkern waren. Die wenigen Gehöfte, die wir sehen konnten, waren kleine Flecken in der Landschaft. Beherrscht wurde das Bild von den Fells, den Bergen, von denen der höchste High Pike war. Ich wollte ihn besteigen, trotz des Winds. High Pike ist nicht wie andere Berge, wo es gut ausgeschilderte Wege gibt. Hier ist der Boden uneben und voller Torflöcher, und es gibt keine Pfade. Der Bergsteiger sucht sich seinen Weg, so gut er kann. Es war ein schwieriger Tag, ich fühlte mich schwach, das Wetter war gegen mich, aber ich war wild entschlossen, den Berg zu besteigen, einfach um mir zu beweisen, dass ich es konnte. Wenn man auf dem Gipfel von High Pike ankommt, wird man nicht unbedingt belohnt, man verspürt nicht die Erregung wie auf anderen Gipfeln, obwohl der Blick über das Eden Valley zu den Pennines hinüber berauschend sein kann. Nicht jedoch an jenem Tag. Die Wolken senkten sich herab, es begann zu regnen, und wir konnten kaum etwas sehen. Als wir in die Geborgenheit unseres Häuschens zurückkehrten, war ich völlig erschöpft. Alles war eine Anfechtung gewesen, der Weg, das mühsame Klettern, die Anstrengung, sich gegen den Wind zu stemmen, der einen seitlich wegdrücken wollte, außerdem ärgerte es mich, dass ich dem Zwang, mich beweisen zu müssen, nachgegeben hatte, obwohl es nicht im Mindesten wichtig war.

In der Nacht kam ein wilder Sturm auf, neben dem der Wind vom Vortag gar nichts gewesen war. Der Regen war nicht wie normaler Regen, wie Regen in der Stadt, sondern eine Wasserlawine, die an die Fenster schlug und ein Geräusch machte, als würden Steine ans Fenster geschleudert. Dies war eine weitere Version des Hauses als Schutzort – Schutz vor den Elementen, sein eigentlicher Zweck. Gleich würde die Scheibe zersplittern, gleich würden die Dachziegel vom Dach fliegen. Aber am nächsten Morgen, als wir draußen besorgt nach Schäden suchten, sah es ganz so aus, als habe das Wüten des Sturms keine Spuren hinterlassen. Von den Bäumen waren ein paar Äste angebrochen, und die Schlaglöcher auf dem Feldweg zur Straße standen voller Wasser, doch darüber hinaus gab es keine Anzeichen, dass es überhaupt gestürmt hatte. Das Haus saß in seiner Vertiefung, in der Gewissheit, dass es schon Schlimmeres überstanden hatte.

An unserem letzten Abend war alles still, eine profunde Stille nach dem Sturm. Dichte Dunkelheit umgab das Haus, kein Licht von Mond oder Sternen durchbrach sie. Als wir die Lampen im Haus ausschalteten, als Experiment, um zu sehen, wie dunkel es wirklich war, und uns ein paar Meter von der Haustür entfernten, fühlte es sich bedrohlich an. Nichts war da, an das wir stoßen konnten, also zählten wir zwanzig Schritte, ohne dass wir sehen konnten, in welche Richtung wir gingen, dann drehten wir uns um und zählten zwanzig Schritte zurück, zu unserer Tür. Aber da war nichts. Wir streckten die Hände aus, um die Tür zu ertasten oder die Mauer, aber wir waren nicht an der Tür. Wir machten die Augen auf und wieder zu, aber das änderte nichts. Alles um uns herum war schwarz. Wir bewegten uns vorsichtig weiter und fanden schließlich das Gartentor, was bedeutete, dass wir in die völlig falsche Richtung gegangen und ungefähr zehn Meter von der Haustür entfernt angekommen waren. Zurück zum Haus kamen wir schließlich, indem wir uns mit kleinen Schritten blind nach vorn tasteten.

Bevor wir am nächsten Tag abfuhren, machten wir eine Liste von den Dingen, die wir in den Osterferien, wenn wir mit den Kindern kamen, mitbringen wollten. Eine Taschenlampe stand ganz oben.

Die Zeiten ändern sich

Die 1980er-Jahre

Die Chemotherapie dauerte neun Monate, nicht sechs, wie vorgesehen, denn die Anzahl der weißen Blutkörperchen ging so stark zurück, dass eine Pause eingelegt werden musste, damit sie sich wieder erholten. Als die Behandlung vorbei war und ich nicht mehr ins Krankenhaus musste, nahmen wir eine letzte Änderung an unserem Haus in Angriff.

Inzwischen hätten wir auch wieder nach Hampstead ziehen können, der Verkauf unseres Hauses hätte uns das ermöglicht. Hunter war sehr interessiert daran, obwohl seine Begeisterung zum Teil daher kam, dass er sich Häuser nicht nur gern ansah, sondern auch gern für sie bot. Er hatte die Gegend um Downshire Hill in den Blick gefasst und schleppte mich zu vier Hausbesichtigungen – er schleppte mich, weil ich nicht umziehen wollte. Ich liebte mein jetziges Haus mehr und mehr, und ich schätzte das Viertel, in dem wir tief verwurzelt waren. Mein Haus, ein gewöhnliches Haus in einer gewöhnlichen Straße auf der falschen Seite der Heath, war für mich schon längst zu einem besonderen Haus geworden. Deshalb beschlossen wir, zu bleiben und stattdessen den Hof zwischen dem kleinen Zimmer, das früher der Kohleschuppen gewesen war, und der Küche ins Haus zu integrieren, sodass ein neuer Raum entstand, der Glastüren zum Garten haben würde. Und zur gleichen Zeit würde über dem Badezimmer ein neues Zimmer entstehen, ein Büro für Hunter, der jetzt hauptsächlich zu Hause arbeitete.

Um uns herum zogen neue Leute in die Häuser und bauten sie um, so wie wir. In jeder Straße standen mindestens zwei Container, so schien es, und alles, was aus den Häusern entfernt wurde – Backsteine, Putz, Holz und alte Rohre –, landete darin. Wände wurden rausgerissen, die hinteren Anbauten umgebaut, Dachgeschosse ausgebaut. Als wir 1963 in die Straße einzogen, waren die meisten Häuser in Einzimmerwohnungen unterteilt gewesen, aber inzwischen, 1980, gab es kaum noch Wohnungen. Nach der Entrümpelung kam ein ganzer Trupp von Handwerkern und begann, die Häuser modern und attraktiv zu gestalten. Jetzt standen überall Lieferwagen; Maler und Anstreicher, Klempner und Elektriker machten sich gegenseitig die Parkplätze streitig. Jeden Tag außer sonntags (und manchmal sogar dann) hörte man aus allen Richtungen ein Hämmern, Bohren und Sägen, ein Summen von Energie, das in der Straße vibrierte. Offensichtlich war die Adresse London NW5 längst nicht mehr auf der falschen Seite von Hampstead Heath und zog mitleidige Blicke auf sich.

Dann, eines Tages, wurde das Haus nebenan, die andere Hälfte unseres Doppelhauses, verkauft. Bis dahin hatte ein älteres Ehepaar dort gewohnt, still und zurückgezogen, sie hatten zwar den Garten bestens gepflegt, aber in all den Jahren nichts am Haus gemacht. Sie zogen in einen Bungalow in Bournemouth, und ihr Haus wurde sofort an einen Mann verkauft, von dem es hieß, er habe schon mehrere Häuser erworben. Dem Anschein nach kaufte er Immobilien, modernisierte sie und verkaufte sie dann mit großem Profit. Für uns hörte sich das nicht gut an. Wir hatten uns an unsere stillen Nachbarn gewöhnt und hätten sie gern behalten. Aber schließlich hatten wir selbst an unserem Haus Umbauten vorgenommen und konnten jetzt wohl kaum über den Lärm klagen, der nebenan entstand, als das Haus auseinandergenommen und wieder neu zusammengesetzt wurde.

Der Besitzer, der schließlich selbst einzog, lebte anscheinend mit ständig wechselnden Gruppen von Leuten zusammen. An nachbarschaftlichen Beziehungen war er nicht interessiert, und wenn wir ihn sahen, rang er sich kaum einen Gruß ab. Gut, so wollte er es eben. Aber weil er uns nicht zur Kenntnis nahm, wussten wir nicht, wie wir uns im Hinblick auf das verhalten sollten, was sich von da an in seinem Haus abspielte, oft, wenn er selbst nicht da war. Seine Freunde, falls »Freunde« das richtige Wort war, rissen in den frühen Morgenstunden zu gern die Fenster weit auf, sodass die Bässe der extrem lauten Musik, die sie hörten, über unseren Garten hinwegdröhnten. Außerdem fanden wir es richtig bedrohlich, dass manchmal einer der Bewohner rauchend auf der Fensterbank hockte, genau über dem Glasdach unserer neuen Erweiterung, und einmal sahen wir voller Entsetzen einen Mann an den Fingerspitzen von der Fensterbank hängen und über dem Glasdach baumeln, bis endlich Hände am Fenster erschienen, die seine Arme packten und ihn wieder ins Zimmer zerrten. Und als wäre das nicht schon genug, gab es auch noch einen Deutschen Schäferhund, der mit wütendem Gebell im Garten auf und ab rannte, und einmal kam eine Frau im weißen Kleid schreiend aus dem Haus gelaufen und warf ihre Arme, scheinbar Hilfe suchend, in die Luft. Gerade als wir die Polizei anrufen wollten, hörte sie auf zu schreien und brach in hysterisches Gelächter aus, und als ein Mann aus dem Haus kam, warf sie sich ihm um den Hals, umarmte und küsste ihn, und die beiden gingen wieder ins Haus, anscheinend ein Herz und eine Seele.

So ging es einige Jahre, aber am schlimmsten war die laute Musik die ganze Nacht hindurch. Höflich versuchten wir zu protestieren und sagten, wir wollten nicht anmaßend sein, aber könnten sie die Musik nach Mitternacht leiser stellen, besonders in dem Zimmer, das an unser Schlafzimmer grenzte? Die Antwort darauf war immer: »Na klar«, aber der Lärm ging einfach weiter. Jedes Mal, wenn wir es nicht mehr aushielten und uns informieren wollten, ob es ein Gesetz gegen diese Art von Lärmbelästigung gab, hörte der Spuk auf. Dann sahen wir einen Auszug aus dem Haus, etwa ein Dutzend Leute, die Taschen und Berge von Zeug raustrugen und in zerbeulten Lieferwagen wegfuhren. Darauf war es einen ganzen herrlichen Monat lang still, bis ein neuer Trupp eintraf, in Gruppen von zweien und dreien, der das Haus füllte, und der Lärm begann von Neuem.

In all den Jahren, in denen wir neben dem stillen, rücksichtsvollen älteren Ehepaar gewohnt hatten, waren wir der Illusion erlegen, dass unser viktorianisches Haus – im Gegensatz zu modernen Häusern – dicke Wände hätte, die uns vor Lärm schützten. Falsch. Gut gebaut oder nicht, die Mauer zwischen unseren beiden Hausteilen dämpfte die Musik kaum. In manchen Zimmern schienen die Wände zu beben, oder zumindest bildeten wir uns das ein, und wir starrten auf die Bilder, die da hingen, und warteten darauf, dass sie gleich runterfallen würden. Manchmal trommelten wir mit den Fäusten an die Wände, zum Ausdruck unseres Protests. Das erwies sich als lächerliche Maßnahme. Falls das Pochen drüben überhaupt zu hören war, wurde es nicht beachtet oder, eher noch, als Witz abgetan. Einmal, es war zwei Uhr in der Nacht, schien unser Haus erfüllt von dem erbarmungslosen Dröhnen der Musik nebenan, worauf Hunter losging und an die Haustür hämmerte, weil er die Sache von Angesicht zu Angesicht klären wollte. Nach einiger Zeit wurde die Tür von einem jungen Mann geöffnet, den Hunter noch nie gesehen hatte und der ihn mit einem breiten Lächeln ins Haus ließ und bei der Party willkommen hieß. Im Wohnzimmer fand Hunter lauter Menschen vor, die regungslos im Drogenrausch lagen, höchstens eine Hand zum Gruß hoben und ihn nicht hinderten, als er zur Stereoanlage ging und die Musik leise stellte. Niemand war aggressiv, niemand fragte, was er da wolle. Zufrieden mit seinem, wie ihm schien, leichten Sieg kam Hunter zurück ins Bett. Fünf Minuten später war die Musik lauter denn je.

Unser Haus war also nicht unverwundbar. Wir hatten etwas gelernt, das eigentlich auf der Hand liegt, nämlich dass eine Doppelhaushälfte, ungeachtet ihres Alters, ungeachtet ihrer soliden Bauweise, immer von der zweiten Hälfte abhängig ist. Hätten wir während der Schulferien nicht regelmäßig entfliehen können, in das Häuschen in Caldbeck und in unser Sommerhaus an der Algarve, ich weiß nicht, wie wir den Lärm ausgehalten hätten. Es war ein Segen, nach Caldbeck zu kommen, wo das lauteste Geräusch in der Nacht das Husten der Schafe oder der Wind in den Bäumen war. Unsere einzige Nachbarin war eine Frau, die in einem Haus hundert Meter von unserem entfernt wohnte, und von dort kam nie Lärm. Sie lebte sehr zurückgezogen und wollte nichts mit uns zu tun haben, aber offensichtlich sah sie unseren Kindern gern beim Spielen zu. Sie guckte aus dem Fenster, lächelte und winkte ihnen zu: die beste Nachbarin. Wir wünschten, wir könnten sie in die Boscastle Road mitnehmen.

Eines Tages erfuhren wir vom Hörensagen – ein Verkaufsschild war nicht aufgestellt worden –, dass das Haus nebenan verkauft werde. Der Immobilienmarkt hatte einen weiteren Satz nach oben gemacht, und der Besitzer witterte seine Chance. Nebenan war immer noch ein ständiges Kommen und Gehen, der Lärm hatte nicht nachgelassen, und wir wagten nicht zu glauben, dass irgendetwas sich ändern würde. Und doch war es so. Plötzlich senkte sich eine große Stille auf das Haus. Stille bei Tag, Stille bei Nacht, nichts regte sich. Mehrere Wochen vergingen, in denen gar nichts zu passieren schien, und wir warteten beklommen, was das Schicksal uns bringen würde. Wieder einen Spekulanten? Höchstwahrscheinlich. Unsere Erleichterung, als eine Familie mit drei Kindern einzog, war unglaublich. All unser Verdruss mit den Nachbarn war vorbei. Danach wechselte das Haus nebenan mehrmals den Besitzer, aber niemand zerstörte je wieder die Ruhe in unserem Haus.

Dafür gab es andere Störungen. Häuser zeigen Spuren von Verschleiß, so wie der menschliche Körper auch. Trotz aller Instandhaltungsarbeiten gab es an unserem Haus Anzeichen des Verfalls. Risse erschienen in der Wand zwischen dem großen Wohnzimmer und der neu ausgebauten Küche. Sie weiteten sich von Monat zu Monat, bis man in den dicksten Riss, der sich vom Fußboden bis zur Decke zog, einen Finger legen konnte. Der Bauunternehmer wurde gerufen. Wir hofften, er würde die Risse für unbedenklich erklären, aber das tat er nicht. Er holte einen zweiten Mann, der ebenfalls ein ernstes Gesicht machte und dann einen dritten hinzurief, der seine Einschätzung abgab. Obwohl es ein völlig unangemessener Vergleich war, bestand eine schwache Ähnlichkeit mit dem Warten auf einen ärztlichen Befund … man musste auf eine schlechte Nachricht gefasst sein. Und die kam. Eine Senkung war das Problem. Eine Senkung? Offenkundig bedeutete das, dass sich der hintere Teil unseres Haus absenkte. Wenn nichts unternommen würde, könnte die hintere Mauer einstürzen. Wann? Wie lange hatten wir? Schwer zu sagen, und falls wir gehofft hatten, die Antwort wäre … ach, vielleicht in fünfzig Jahren, und wir würden vorher sterben und müssten jetzt nichts tun, dann irrten wir uns. Es musste etwas getan werden, drastische Maßnahmen waren erforderlich, und zwar sofort.

»Drastische Maßnahmen« bedeutete, dass entlang der Breite des hinteren Zimmers ein Graben ausgehoben und mit Beton gefüllt werden musste. Das allein würde helfen. Also wurde der nagelneue Holzfußboden abgehoben, und die Bohrer kamen zum Einsatz. Es war schrecklich, dabei zusehen zu müssen, und der Schmutz war entsetzlich. Wir trennten den Teil ab und richteten eine behelfsmäßige Küche ein, aber das Dröhnen der Bohrer konnte man nicht ausblenden. Das ganze Haus bebte und zitterte, und immer öfter kamen mir Bilder von dem Haus als einem ernsthaft kranken Körper in den Sinn. Meistens ziehen Leute vorübergehend aus, wenn solche Arbeiten an ihrem Haus ausgeführt werden, aber wir wollten unseres nicht allein lassen, auch wenn das bedeutete, dass wir Lärm und Schmutz aushalten mussten. Ich dachte an Filme, die ich über Häuser bei Bombenangriffen in London gesehen hatte, und versicherte mir, dass dies hier längst nicht so schlimm war, dass nur ein Teil des Hauses beschädigt war und bald wiederhergestellt wäre. Allerdings war es nicht »bald«. Es dauerte sehr lange, bis die erforderliche Tiefe erreicht war und die Bauarbeiter den Graben mit Beton ausgießen konnten.

Wir konnten der Versuchung nicht widerstehen, eine Zeitkapsel unter dem Beton zu vergraben, so wie in *Blue Peter*, der beliebten Kindersendung. Wir füllten eine Keksdose mit Informationen über die Menschen, die in dem Haus lebten, und über das, was in London und der Welt passierte. Das machte Spaß. Eine Zeitung musste in die Dose, das war klar, dann Fotos von uns allen, dazu ein genauer Plan des Hauses und eine

Beschreibung, wie die Zimmer benutzt wurden. Obenauf kam eine Kassette mit einigen Popmusik-Titeln der Zeit und ein signiertes Foto des Fußballteams Tottenham Hotspur zusammen mit dem Programm des Spiels, das am Samstag davor stattgefunden hatte. Jeder von uns legte ein kleines Objekt in die Dose, das nur für ihn und sonst keinen von besonderer Bedeutung war – damit sollte weniger informiert als Neugier geweckt werden. Von mir war es ein Füller, den ich nach zwanzig Jahren der Benutzung ausmusterte, weil die Feder gesprungen war. Wenn das keine Verwirrung stiftete – in hundert Jahren benutzte vielleicht niemand mehr Füllfederhalter. Wir malten uns aus, was jemand, der die Dose in der Zukunft fand, denken würde (hatten aber schreckliche Angst davor, dass sich die Senkung vertiefte und wir die Dose schon bald selber finden würden, wenn die Arbeiten wiederholt werden mussten).

Schließlich wurde alles wieder so eingerichtet, wie es vorher gewesen war, aber unsere Anspannung blieb noch lange. Dies war eine Mahnung gewesen, dass Backsteine und Mörtel längst nicht so solide waren, wie sie aussahen. Nichts an einem Haus ist solide. Wir lernten erst jetzt, dass Instandhaltung nie aufhört – vielleicht eine gemeinhin bekannte Tatsache, aber wir hatten sie bisher nicht begriffen. Außerdem brauchte man eine bestimmte Einstellung, weil man sich um so viele verschiedene Dinge kümmern musste, ähnlich wie Haareschneiden und Zahnpflege in Bezug auf den menschlichen Körper. Unsere Einstellung war nicht die richtige. Wir stöhnten und klagten jedes Mal, wenn eine Wasserleitung tropfte oder eine Steckdose kaputt war oder ein Dachziegel sich löste. Das Haus, unser geliebtes Haus, wurde dann zu einem Ärgernis, fast nahmen wir es ihm übel, dass es so viel unserer Zeit für seine Pflege beanspruchte. Wir mussten uns wieder ins Gedächtnis rufen, wie dankbar wir waren, überhaupt ein Haus zu haben.

Natürlich gibt es Menschen, und es hat sie immer gegeben, die sich mit Instandhaltung und dergleichen nicht abgeben müssen, nämlich die mit Angestellten, die es für sie tun. Mir wurde erst klar, welch ein Unterschied das ist, als ich mit meiner Recherche für die Biografie von Elizabeth Barrett Browning begann, die in ihrem ganzen Leben nicht ein einziges Mal ihr Schreiben unterbrechen musste, um sich mit Klempnern, Elektrikern oder Bauarbeitern zu befassen. Die Umwälzungen in den Häusern, in denen sie lebte, wirkten sich sehr wohl auf ihre Arbeit aus, nicht aber die langweiligen Einzelheiten. Auch der Zustand der Häuser und das, was mit ihnen angestellt wurde, auch wenn sie selbst nicht daran beteiligt war, beeinflussten ihre Arbeit. Jedes der Häuser, in denen sie lebte, hatte eine eigene Atmosphäre, und diese Atmosphäre schlug sich in der Stimmung und Dichtung von Elizabeth Barrett Browning nieder. Bis dahin hatte ich es immer für Unfug gehalten, wenn Biografen behaupteten, um ihre Subjekte besser verstehen zu können, müssten sie die Häuser aufsuchen, in denen sie gelebt hatten, aber langsam änderte ich meine Ansicht darüber. Oft kann ein Haus einem nämlich etwas zeigen, was sonst nicht zutage tritt oder nicht ausreichend hervorgehoben wird.

Jedenfalls war das meine Rechtfertigung dafür, dass ich jedes Haus, in dem Elizabeth Barrett Browning je gewohnt hatte, aufsuchte. Dass Coxhoe Hall, sechs Meilen außerhalb von Durham, wo sie zur Welt kam, eine Ruine war, hatte ich vor meinem Besuch dort gewusst, so wie ich auch wusste, dass das Haus, nachdem Elizabeth im Alter von drei Jahren dort weggezogen war, nur eine geringe Bedeutung für sie hatte. Dennoch wollte ich sehen, was es zu sehen gab, damit ich die

Geschichte ihres Lebens von da an erzählen konnte, wo sie angefangen hatte. Aus irgendeinem Grund glaubte ich, dass Coxhoe Hall mitten in einem Bergbaurevier oder in dessen Nähe lag, aber es hätte ländlicher nicht liegen können. Weder stand es zwischen schwarzen Zechen noch mitten in einer öden Moorlandschaft. Es hatte einst auf einer kleinen Erhebung unweit eines Dorfes gestanden, kurz hinter einer Kreuzung. Reste des alten Tores waren noch da, auch die rückwärtige Mauer des alten Gebäudes stand noch, aber davon abgesehen war das Gelände geräumt worden. Man hatte eine gute Sicht über die Felder und Hügel, und alles bot einen grünen und freundlichen Anblick. Der alte ummauerte Garten, in dem Elizabeth Barrett Brownings Mutter sich während der Schwangerschaft gern aufgehalten hatte, war völlig überwuchert. Riesige Buchen hinter der Stelle, wo das Haus gestanden hatte, ließen den Ort abgeschieden wirken, was besonders Elizabeths Vater gefallen hatte.

Das war also ein Anfang, und obwohl ich nicht viel mitnehmen konnte, war ich froh, die Reise gemacht zu haben, wenn auch nur, weil ich danach eine größere Nähe zu Elizabeths Mutter Mary empfand. Sie wollte das Haus ihrer Familie im Nordosten Englands nicht verlassen (ihr Mann zog nach der Eheschließung zu ihr, nachdem er lange zuvor sein eigenes Zuhause in Jamaika verlassen hatte). Aber nachdem Edward Moulton Barrett in Herefordshire ein Landgut mit Feldern, Wald und Park von 475 Hektar gekauft hatte, blieb ihr keine Wahl. Hope End war ein Anwesen aus dem siebzehnten Jahrhundert, das, von niedrigen Hügeln eingebettet, in einer Vertiefung lag. Edward ließ das Haus aus der Zeit von Queen Anne sofort abreißen und eins im orientalischen Stil bauen, mit neotürkischen Minaretten und kleinen gusseisernen Kuppeln und einer großen Glaskuppel. Im Haus setzte sich der extravagante Stil fort, mit einem überdimensionalen runden Salon, der im italienischen Stil eingerichtet war, Türen aus Mahagoni mit Perlmutteinlagen, Samttapeten im Speisesaal und Messingbalustraden, die Mary, wie sie ihrer Mutter schrieb, an *Tausendundeine Nacht* erinnerten.

Aber all das wurde 1873 abgerissen, sodass ich auch diesmal nicht das Haus, in dem Elizabeth gelebt hatte, besichtigen konnte, ein Haus zudem, das für ihre Entwicklung äußerst bedeutsam gewesen war und das sie sehr geliebt hatte. Sie verbrachte fünfundzwanzig Jahre hier, und als sie es verlassen musste, fiel ihr die Trennung schwer. Mein Besuch war trotzdem nicht umsonst, denn das Wichtigste an Hope End war für Elizabeth seine Lage gewesen, und die hatte sich nicht verändert.

»Hope End« bedeutet »Talende«, und genau das ist es. Das Haus, das jetzt in unmittelbarer Nähe der Stelle steht, wo das Haus der Barretts gestanden hat, bleibt bis zum letzten Moment verborgen, ganz gleich, aus welcher Richtung man sich ihm nähert. Alles liegt in tiefer Stille, den ganzen Weg entlang, da angefangen, wo früher das Südtor war; nur die Vögel sind zu hören. Bäume unterschiedlichster Art, darunter viele Nadelbäume, stehen schützend am Weg, an dem jetzt, im Frühling, noch der Eisenhut blüht, den Elizabeth so liebte. Im Haus selbst war es unmöglich zu wissen, dass jemand sich näherte, bis zu dem Moment, da er vor der Tür stand – ein Besucher aus einer Welt draußen, die kaum zu existieren schien. Es ist ziemlich unheimlich. »Ich liebe jeden Stein, jeden Grashalm«, schrieb Elizabeth als junges Mädchen, und der Standort des Hauses, wo sie ihre Kindheit und Jugend verbrachte, verströmt noch heute die Atmosphäre, die sie umhüllte.

Der Besuch half mir also, Elizabeth besser zu verstehen, aber ich war immer noch nicht in einem Haus gewesen, von dem sie geprägt worden war. Bis ich in die Wimpole Street kam. Schon die Adresse beschwört, dank des Theaterstücks und des Films *The Barretts of Wimpole Street*, ein beeindruckendes Bild herauf. Das Haus Nummer 50, in das die Familie nach einer kurzen und schrecklichen Zwischenzeit in Sidmouth und einem Überbrückungsaufenthalt in Gloucester Place einzog, wurde im Zweiten Weltkrieg von einer Bombe zerstört. Aber die anderen Häuser in der Straße wurden nicht zerstört, und so war es möglich, in eins von ihnen zu gehen und ein Zimmer anzusehen (jetzt ein Büro), das Elizabeths Zimmer im dritten Stock nach hinten entsprach und von dem man, so wie sie von ihrem Fenster, auf »sternekratzende Schornsteine« blickte. Das Fenster ging nach Südwesten, sodass am späten Nachmittag und frühen Abend die Sonne einfiel, was Elizabeth und ihrem Tagesablauf entgegenkam. Ihr Zimmer, reichlich gefüllt mit Möbeln und Büchern und Büsten von Dichtern und Philosophen, unterschied sich sehr von dem fast leeren Büro, in dem ich stand, aber die Stille, von der sie spricht, war da. Selbst im London des zwanzigsten Jahrhunderts, wo der Verkehr unablässig durch die Straßen donnert, war es hier still. In Hope End war das Haus an sich von der Welt abgeschnitten, der Welt entrückt – in der Wimpole Street war Elizabeths Zimmer ähnlich geschützt. Der einzige große Unterschied war der Ausblick.

Das Haus in der Wimpole Street wird oft als Elizabeth Barrett Brownings »Gefängnis« bezeichnet, aus dem sie sich zu befreien versuchte, weil sie das Haus verabscheute, was jedoch erst gegen Ende ihrer Zeit dort zutraf, erst dann wollte sie es wirklich verlassen. In der restlichen Zeit, die sie dort lebte, gefiel es ihr, im Herzen von London zu sein. Als die Familie einzog, fand Elizabeth es aufregend, dass dieses Haus in der Nähe so vieler berühmter Orte lag, von denen sie gelesen hatte, und Zugang zu vielen Menschen aus der Welt der Literatur ermöglichte, die nie auch nur in die Gegend von Hope End gekommen wären. Dort hätte sie nie Gelegenheit gehabt, sie kennenzulernen, während es hier in einigen Fällen zu Begegnungen kam. Wimpole Street mit den hohen Reihenhäusern, grau und schmucklos, ohne jegliches Grün in der Nähe, mag düster und abweisend wirken, aber es war eine gute Adresse. Das Haus lag außerdem unweit des Regent's Park, wo Elizabeth, als sie zu Kräften kam, Spaziergänge machte, und nach Hampstead Heath mit der Vorspiegelung von offener Landschaft war es nur eine kurze Kutschfahrt.

Aber die nächste Wohnstätte zeigt noch am besten die Bedeutung, die Häuser für Elizabeth Barrett Browning hatten, dabei war dies nicht einmal ein ganzes Haus. Sie liebte es leidenschaftlich. Robert Browning schloss einen Jahresvertrag für sechs unmöblierte Zimmer in der Casa Guidi in Florenz ab. Sie lagen in einem ehemaligen Palast, gegenüber der Kirche San Felice, und das hieß, dass man von den Fenstern auf Steinmauern blickte. Vor dem Salon und dem Speisezimmer gab es eine schmale Terrasse, gerade breit genug, dass Elizabeth und ihr Mann dort auf und ab gehen konnten. Auch genug Platz für Blumenkübel gab es, die den fehlenden Garten ersetzten. Alle Zimmer außer der Küche waren riesig und hatten hohe Decken, das hielt sie kühl, was in der Sommerhitze von Florenz von großem Vorteil war.

All das wusste ich, bevor ich hinfuhr, und ich hatte den Grundriss im Kopf, dennoch war die Casa Guidi eine Überraschung. Kam man von der Straße ins Haus, wirkte es so dunkel, als wäre alles Licht und die blendende Helligkeit von Florenz draußen geblieben, und es kam einem vor, als würde die Treppe in eine große Düsternis hinaufführen. Der Vorraum in der Wohnung der Brownings ist schmal und hat eine Tür mit

Buntglasfenster, die in das erste Zimmer, das Speisezimmer, führt, das (bei meinem Besuch) leer war und keine besondere Atmosphäre ausstrahlte, aber als ich weiter in den Salon und dann ins Schlafzimmer ging, änderte sich das. Diese beiden Zimmer haben immer noch den Charme, den sie für Elizabeth hatten, und entsprechen genau dem, was sie in ihren Briefen beschreibt. Der Salon ist sieben mal elf Meter groß, die Decke »unglaublich hoch« – und hier schrieb Elizabeth ihre Gedichte. Es war ein Raum, der am Tag meines Besuchs, obwohl niemand sonst da war, voller Schatten schien, denn der helle Sonnenschein fiel schräg durch die langen Fenster, reichte aber nicht in die fernen Ecken, wo jemand lauern konnte. Das Schlafzimmer war noch geheimnisvoller, das Licht darin gedämpft. Hier steht das Bett, in dem Elizabeth ihr einziges Kind, einen Sohn, bekam und in dem sie starb. Es ist eine starke emotionale Erfahrung, dort zu stehen, in dem matten Licht, und sich das, was hier geschehen ist, ins Gedächtnis zu rufen und sich besonders der Bedeutung bewusst zu werden, die die Casa Guidi für Elizabeth hatte. Fern von dem Haus war sie nie richtig glücklich, und wenn sie während der glühenden Hitze des Sommers in ein anderes Haus in den Hügeln zog, sehnte sie sich danach, wieder hierher zurückzukehren, in ihr Zuhause, das so anders als alle anderen Häuser war, in denen sie gelebt hatte (obwohl es ihr nie gehörte). Die Casa Guidi, ihr »Haus«, gab ihr nicht nur tiefe Freude und Zufriedenheit, es verlieh ihr auch Kraft. Hier fühlte sie sich geborgen und sicher und vom Glück begünstigt. Innerhalb seiner Mauern war sie beschützt, und mit Robert an ihrer Seite pulsierte eine neue schöpferische Kraft durch ihre Dichtung.

Fünf Jahre später, als ich wieder für eine Biografie recherchierte, diesmal die von Daphne du Maurier, spürte ich noch intensiver, welche Macht ein Haus auf das Leben und die Arbeit einer Schriftstellerin ausüben kann. Menabilly, das Haus auf der Halbinsel Gribbin in Cornwall, in dem du Maurier fünfundzwanzig Jahre lebte, versetzte sie in körperliche Erregung, als sie es, versteckt zwischen Bäumen und vom nahen Meer aus den Blicken verborgen, zum ersten Mal sah. Das Haus im Besitz der Familie Rashleigh war nicht großartig und prächtig, wie sie es sich vorgestellt hatte, als sie davon hörte, sondern ein zweigeschossiges, lang gestrecktes Gebäude, dessen Mauern so dicht mit Efeu überwachsen waren, dass viele der Fenster zuwucherten. Ihr schien, als schliefe das Haus, als wäre es von einer melancholischen Atmosphäre umgeben, und das zog sie an und machte sie neugierig. Diese Reaktion war mir zunächst abgehoben und übertrieben vorgekommen, aber ich verstand sie sofort, als ich das Haus sah. Es ist nach wie vor schwierig, es zu finden, und das allein schien aufregend, wie die Suche nach dem Schatz in einem Märchen. Der Weg vom Haus durch den Wald zu dem Strand, der in *Rebecca* beschrieben wird, ist unglaublich still, und wenn man sich umdreht, ist das Haus rasch, lange bevor man den Strand erreicht, den Blicken entschwunden, als wäre es weggezaubert worden. Genau so etwas hatte Daphne du Maurier, ein zurückgezogener Mensch, sich immer ersehnt – ein Haus, das einem Teil von ihr, der Schriftstellerin in ihr, entsprach.

Obwohl Menabilly einen enormen Einfluss auf ihr Leben hatte, war sie nie seine Besitzerin. Ein Vierteljahrhundert lang restaurierte sie das Haus, was ein Vermögen kostete, in dem Wissen und der Befürchtung, dass sie es eines Tages, wenn der Pachtvertrag auslief, verlassen müsste. Liest man in ihren Briefen von der Leidenschaft, die sie für Menabilly empfand, kommt es einem übertrieben vor, wie stark sie sich mit dem Haus identifizierte. Ich hatte Zeichnungen und viele Fotos gesehen, doch all das ergab erst einen Sinn, als ich das Haus sah und durch seine Zimmer streifte, während Fledermäuse in der Küche umherschwirrten. In dem Moment schien die Faszination, die das Haus auf sie ausgeübt hatte, nicht schwer zu verstehen. Als du Maurier eine Weile in Ägypten lebte, schrieb sie, in ihren Träumen sehe sie sich immer in Menabilly, fast wie bei einer Halluzination, und wenn sie beim Aufwachen feststellte, dass sie nicht dort war, fühle sie sich krank vor Enttäuschung und von einer merkwürdigen Trauer überkommen. Zweifellos beflügelte das Haus ihre Fantasie, und ihr Werk ist von der Liebe durchzogen, die sie dafür empfand.

Menabilly ist ein besonders gutes Beispiel für die Macht, die ein Haus ausüben kann.

Grasmoor House

Loweswater
Cumbria

Ende der Achtzigerjahre trugen wir uns mit dem Gedanken, einen lang gehegten Wunsch zu erfüllen, nämlich das halbe Jahr, von Mai bis Oktober, im Lake District zu leben und dort zu arbeiten. Allerdings war das in unserem Haus in Caldbeck unmöglich, auch wenn es uns zehn Jahre gute Dienste geleistet hatte. Für die Ferien war es ideal, aber der Platz reichte nicht, weil nicht jeder sein eigenes Arbeitszimmer haben konnte. Außerdem wollten wir in der Nähe eines Sees sein.

Die Kinder kamen in den Schulferien nicht mehr mit uns, denn zwei gingen gar nicht mehr zur Schule. Caitlin war in Amerika, wo sie nach ihrem Studium an der Sussex University ihren M.A.-Abschluss machte, und Jake, der in Cambridge studieren würde, war für ein Jahr in Italien. Nur Flora begleitete uns noch, und manchmal kamen auch zwei Cousinen mit, und sie schliefen zu dritt in der Scheune, die wir in einen Spielraum mit einer Schlafebene im Dach ausgebaut hatten. Aber auch sie würde bald eigene Wege gehen, und darauf wollten wir vorbereitet sein.

Wir fingen also etwas voreilig an, uns nach einem Haus umzusehen. Es sollte nicht zu weit von Carlisle entfernt sein, da wir unsere Eltern oft besuchen wollten, und auch nicht groß sein. Wenn möglich sollte es nicht in einer Ortschaft, andererseits aber auch nicht völlig isoliert liegen. Zunächst suchten wir in der Gegend um Ullswater, aber da fanden wir nichts, das geeignet schien. Dann, an einem Tag im April 1987, besichtigten wir ein Haus im Lorton Valley, das in der Nähe von drei Seen lag – Loweswater, Crummock Water und Buttermere. Von Caldbeck fuhren wir auf Landstraßen über Bassenthwaite zum Whinlatter Pass hinauf. Als wir oben ankamen, hatten wir einen Blick über die Ebene mit der Bergkette vor uns: Grasmoor zur Linken, Melbreak zur Rechten, und geradeaus, in weiter Ferne, Red Pike und Haystacks. Die Route wand sich durch das Tal, erklomm Scale Hill und fiel dann in Kurven ab zu der Brücke über den Fluss Cocker. Zu dem Haus, das wir besichtigen wollten, gelangte man über eine kleine Stichstraße hinter der Brücke, an der ein Schild stand: »Kein Zugang zum See«, obwohl wir auf unserer Landkarte sehen konnten, dass Crummock Water ganz in der Nähe lag, wenige Hundert Meter entfernt.

Das Haus stand auf einer kleinen Erhebung, sodass man vom Tor zu ihm aufsah. Dieses alte Holztor, gerahmt von einer dichten Weißdornhecke, war grün gestrichen. Am Eingang des Grundstücks standen Nadelbäume, die über dem Anfang des Pfads einen Bogen bildeten. Auf beiden Seiten entlang des Pfads, der geradewegs zum Haus führte, wuchs eine Buchsbaumhecke. Der ansteigende Garten wirkte angenehm ungepflegt, mit dicken Büscheln von Osterglocken auf der Wiese. Das Haus hatte in der Mitte eine Tür mit einem Vordach und Fenster rechts und links. Die Fenster waren groß, besonders für diese Gegend, wo gewöhnlich kleine Fenster Schutz vor dem Wetter bieten sollten. Es sah aus wie ein Haus aus dem achtzehnten Jahrhundert, aber laut den Informationen des Immobilienbüros war es 1869 gebaut worden. Eigentlich hatten wir eine Reihe von Häusern besichtigen wollen, aber ich hatte mich geweigert, sie auch nur zu betreten, weil sie mir auf den ersten Blick nicht zusagten. Dieses hier sagte mir eindeutig zu.

Die Zimmer standen leer und waren offensichtlich gründlich gereinigt worden. Es hatte den Anschein, als wäre das ganze Haus von oben bis unten geschrubbt worden, was aber den allgemein schäbigen Zustand und die Renovierungsbedürftigkeit nicht verbarg. Doch das war uns recht, denn so konnten wir frisch beginnen und mussten nicht eine gute Innenausstattung herausreißen, bloß weil sie uns nicht gefiel. Rechts und links vom Treppenhaus waren jeweils zwei Räume, von denen einer, die Küche, so aussah, als wäre er seit 1869 nicht verändert worden. Die Treppe hatte ein anmutig geschwungenes Geländer, und oben gab es ein Badezimmer und vier Schlafzimmer, alle mit langen Fenstern, von denen man Blicke auf den Berg Grasmoor und einen Zipfel des Sees hatte. Es war kein sonniger Frühlingstag, aber das ganze Haus war von kräftigem Licht durchströmt – es war ein lichtes Haus.

Bevor wir nach Caldbeck zurückfuhren, sahen wir uns ein bisschen in der Gegend um. Loweswater war eher ein Flecken als ein richtiges Dorf, dessen Mittelpunkt das Pub aus dem sechzehnten Jahrhundert, Kirkstile, und die Kirche St. Bartholomew waren. Ein paar wenige Häuser standen entlang der Straße. Einen Laden gab es nicht, wohl aber ein Schulhaus, das aber schon lange nicht mehr als Schule benutzt wurde. Die kleine Straße, an der »unser« Haus lag, führte zu einem Feldweg, auf dem man durch Kuhweiden und Schafwiesen zum See gelangte, ein Weg von zehn Minuten. Als wir zum See kamen, fanden wir einen weiteren Pfad, der zu Lauthwaite Woods und dann in einem Bogen zurück zu unserem Haus führte. Nachdem wir diese vorläufigen Erkundungen abgeschlossen hatten, wollten wir das Haus unbedingt kaufen. Es hatte die perfekte Größe in einer fast perfekten Lage, und wir konnten es nicht abwarten, die Fells zu besteigen, die drum herumlagen (einen davon hatten wir schon von Caldbeck aus bestiegen).

Das Haus – damals hieß es Jenkin's Hill – sollte am 7. Mai im Globe Inn in Cockermouth versteigert werden. Wir wollten dann wieder in London sein, aber man riet uns, wenn wir das Haus wirklich haben wollten, sollten wir bei der Auktion anwesend sein. Nur ein Angebot zu hinterlegen oder jemanden zu bestimmen, der für uns bot, bedeutete, dass wir auf etwaige Unwägbarkeiten nicht reagieren konnten. Man rechnete mit einer gut besuchten Auktion und lebhaftem Bieten. Hunter fuhr also mit dem Zug hin und nahm sich für eine Nacht ein Zimmer im Scale Hill Hotel. Vor seiner Abfahrt einigten wir uns, wie hoch wir gehen würden, nämlich bis zu der Summe, die wir für das Haus in Caldbeck zusammen mit dem Haus an der Algarve zu erzielen hofften. Hunter war von den einführenden Bemerkungen des Auktionators verschreckt, der sagte, das Haus stünde »im hübschesten aller Täler«, wo Häuser selten auf den Markt kamen. Ein Gebot folgte rasch dem anderen – anscheinend ungewöhnlich bei Auktionen in Cumbria –, und der Preis wurde zu der von uns beschlossenen Summe hochgetrieben und überstieg sie dann. Hunter und ein anderer Bieter, der nicht persönlich anwesend war, boten weiter und gingen in kleinen Schritten höher, bis der Vertreter des anderen Bieters seine Grenze erreicht hatte und ausstieg, und das Haus war unseres.

Das Haus zu kaufen löste in uns ein Hochgefühl aus. Wir hatten den Eindruck, es würde in unserem Leben so bedeutsam sein wie das in der Boscastle Road. Virginia Woolf sagte, als sie und ihr Mann Monk's House kauften, es wäre, »als hätte man seinem Leben in London einen soliden halben Erdball angeheftet«. Außerdem war es aufregend, eine andere Landschaft zu erkunden, die vieles bot, was Caldbeck nicht hatte – Schwimmen im See, Klettern auf den umliegenden Bergen. Unser Caldbeck-Haus lag in einer wilden, kargen Landschaft, die ihren eigenen Reiz hatte, und jetzt würden wir in einer vergleichsweise üppigen Landschaft sein, mit vielen Bäumen und viel Grün. Außerdem hätten wir, wenn die Renovierung abgeschlossen war, luxuriös viel Platz – besonders nach der Enge von Caldbeck – und jeder sein eigenes Arbeitszimmer.

Im Oktober 1987 verkauften wir das Haus in Caldbeck, und in den Herbstferien (Flora ging noch zur Schule) zogen wir in das neue Haus, das wir zu Grasmoor House umbenannt hatten. Das Haus umzubenennen war weder klug, noch machte es uns sonderlich beliebt. Wir wussten, dass die Einheimischen die Stirn darüber runzeln und es für ziemlich dreist halten würden, denn schließlich stand der Name Jenkin's Hill auf manchen Landkarten. Aber wir taten es aus gutem Grund. Das nächstgelegene Haus hieß »Jenkin«, und das gab Anlass zu endloser Verwirrung darüber, welches nun »Jenkin« und welches »Jenkin's Hill« war. Wir nannten unseres Grasmoor House, nach dem Berg, vor dem es stand, und sofort war es mehr »unser« Haus, so als hätte niemand vor uns da gelebt.

Aber natürlich hatten Menschen hier gewohnt, und deren Spuren waren überall. Ein Zimmermann hatte exquisite Kiefernböden verlegt. Die Dielen waren breit und passten fugenlos, und eine Schicht Siegellack reichte aus, um die tiefgoldene Holzfarbe hervorzubringen. Im Erdgeschoss gab es Fensterläden, ebenfalls von exzellenter Qualität, und als wir die modernen elektrischen Heizgeräte ausbauten, kamen alte Kamine mit gekachelten Rückwänden zum Vorschein, jede Kachel ein viktorianisches Kunstwerk. Es schien von köstlicher Ironie, dass ich als Kind unseren altmodischen Kamin, der ständig geschwärzt werden musste, so verabscheut hatte, hier aber glücklich über die Kamine in unserem Haus war, die ich liebend gern selbst schwärzen würde. Wir machten in allen Kaminen Feuer, zur Probe, und sie funktionierten bestens, außer dem in unserem Schlafzimmer, wo der Abzug zugebaut worden war. Wir konnten mit Holz heizen. Auch wenn wir mit Spott gegen uns selbst nicht sparten – ein Kamin mit einem »echten Holzfeuer« war für das idyllische Landleben genau das Richtige.

Der Bauunternehmer, den wir mit den Umbauten beauftragten, war kein J. P. Brown, und er beschäftigte auch keine Hilfsarbeiter. Der Zimmermann, der für ihn arbeitete, war ein Perfektionist, der die besten Materialien benutzte und mittelmäßige Arbeit niemals tolerieren würde. Er war langsam, und wir waren ungeduldig, aber er ließ sich nicht zur Eile treiben. Als wir ihn drängten, weniger gründlich zu sein, damit der Kücheneinbau schneller fertig wurde, warf er uns einen Blick zu, sagte aber nichts und machte genauso langsam weiter wie zuvor. Ein paarmal wollten wir, als er schon fast fertig war, eine Änderung vornehmen, wagten aber nicht, ihm das zu sagen. Wir brauchten unseren Wunsch nur anzudeuten, dann sah er uns so entsetzt an, dass wir eilig versicherten, es sei nicht von Bedeutung und wir wollten keineswegs, dass er seine perfekt ausgeführte Arbeit zerstöre.

Es dauerte sechs Monate, bis das Haus so war, wie wir es wollten, und danach konnten wir anfangen, das halbe Jahr dort zu leben und zu arbeiten (obwohl noch einmal zwei Jahre vergingen, bis Flora achtzehn war, und wir tatsächlich von Mai bis Oktober dort lebten). Die Vorbesitzerin hatte dort eine Frühstückspension und Teestube betrieben. Sie war in der ganzen Gegend für ihre Kuchen, Torten und Scones bekannt, die sie alle in der vorsintflutlichen Küche, wie ich fand, produziert hatte. Mir kam die Idee, dass sie die von uns (oder in unserem Auftrag) vorgenommenen Veränderungen im Haus gern sehen würde, und da sie noch in der Nähe wohnte, als wir einzogen, lud ich sie zum Tee ein. Allerdings befürchtete ich, der Besuch in dem Haus, das über zwanzig Jahre ihr Zuhause gewesen war und in dem ihr Mann vor Kurzem gestorben war, könne sie traurig machen, aber sie war im Gegenteil neugierig zu sehen, wie wir es verändert hatten. Ihr gefiel das Zimmer, das wir zur Küche umgestaltet hatten, und sie bewunderte die Kiefernschränke mehr als den neuen Herd und den Ofen, sie war erstaunt über das große Schlafzimmer in L-Form, das wir aus zwei kleineren Schlafzimmern gemacht hatten. Das Badezimmer war komplett modernisiert, aber sie war erfreut, dass wir die altmodische Wanne behalten hatten, und sagte, die Wanne sei fast neu gewesen, es hätte ihr leidgetan, wenn wir sie rausgerissen hätten. Dann setzten wir uns zum Tee. Ich hatte einen Kuchen gebacken, von dem ich ihr ein Stück anbot, und dazu sagte ich in dem für die Mittelschicht typischen selbstironischen Ton, den ich mir angewöhnt hatte: »Probieren Sie von dem Kuchen, er ist bestimmt nicht so gut wie Ihre, die, wie ich gehört habe, köstlich sind.« Sie nahm ein Stück, aß die Hälfte, hielt dann inne und sagte – schließlich war sie aus dem Norden: »Das stimmt, aber er ist trotzdem sehr lecker.«

So fingen wir 1990 an, zwei Leben zu führen: unser Leben in London, in der Boscastle Road, und unser Leben auf dem Lande, im Grasmoor House, Loweswater. Diesmal war es nicht so, als hätten wir ein Ferienhaus wie das an der Algarve oder ein Wochenendhaus wie das in Caldbeck. Der Wechsel von einem zum anderen – in beide Richtungen, aber besonders von London nach Loweswater – war und ist mühevoll, die Vorbereitungen sind so wichtig, weil so viel bedacht und organisiert werden muss. In die Boscastle Road zog immer jemand ein, der auf das Haus aufpasste, und die Abmachung war, dass weder Miete noch Nebenkosten zu bezahlen waren, solange der Garten versorgt und das Haus sauber gehalten wurde. Gewöhnlich waren diese Haus-Sitter Freunde unserer Kinder, die vorübergehend eine Unterkunft brauchten und nicht das Geld hatten, zur Miete zu wohnen, manchmal waren es auch Freunde, die zwischen Kauf und Verkauf eines Wohnsitzes eine Zeit zu überbrücken hatten. Wenn ich das Haus in fast perfektem Zustand übergab, so meine Theorie, würde ich es genauso zurückbekommen, und dieser hohe Standard verlangte enorme Anstrengungen. In die andere Richtung war es leichter. Grasmoor House war kleiner, und da hauptsächlich nur wir zwei drin wohnten, war weniger zu tun. Außerdem hatte ich von Anfang an darauf geachtet, dass es schlicht blieb und sich nicht lauter Dinge dort ansammelten, wie das in der Boscastle Road nach dreißig Jahren und mit fünf Personen, die darin wohnten, der Fall war.

Bei unserer Ankunft im Grasmoor House beeindruckt mich jedes Mal am meisten die Stille. Es ist ein ruhiges Haus mit Blick auf die hohen Fells, mit deren unveränderlicher Natur es irgendwie verschmilzt. Im Haus ist die Stille so intensiv, als wären die Wände lärmgeschützt, und deshalb kann man sich auch ganz gemächlich darin bewegen. Hier rennen wir nicht von Zimmer zu Zimmer oder donnern die Treppen rauf und runter oder schlagen die Türen laut zu, wie wir das in London häufig tun, wo alles eilig ist, sondern wir lassen uns Zeit. Oberflächlich betrachtet geht mein Leben hier genauso weiter wie in der Boscastle Road – am Morgen schreibe ich, am Nachmittag bin ich draußen, am Abend lese ich –, aber es ist ein ganz anderes Gefühl. Der Unterschied hat mit der Lage der beiden Häuser zu tun. Im Grasmoor House gibt es keine Unterbrechungen, nichts geschieht um das Haus herum. Ich blicke hinaus, zu der Flanke von Melbreak und dem Gipfel von Hen Comb, und weiß, dass sich da seit Hunderten von Jahren nichts verändert hat. Nichts von Menschenhand Gemachtes stört die geschwungenen Linien am Horizont. Manchmal grasen Schafe auf den Hängen, manchmal nicht, mehr Abwechslung gibt es nicht. Man hört keine Verkehrsgeräusche, nur den Wind in der riesigen Esche oder den erstickten Schrei eines Schafes, das sich in einer Hecke verfangen hat. Wenn das Telefon klingelt, schallt es laut durchs Haus.

Anders als in unserem Haus in Caldbeck spürten wir in diesem Haus nichts von den Mühen früherer Leben, selbst wenn es solche gegeben hatte. Es scheint für einen bestimmten Lebensstandard gebaut zu sein, wo es getrennte Zimmer zum Schlafen, Essen, Ausruhen und Studieren gab. Es war kein Landarbeiterhaus, auch kein Bauernhaus, was es von den anderen Häusern im Dorf unterschied. Als wir es kauften, war sein Äußeres wenig attraktiv, mit den grau verputzten Wänden und den für den Lake District typischen traurig-dunkelgrünen Streifen um die Fenster herum, aber nachdem die Außenmauern in gedecktem Weiß und die Fensterumrandungen in Weiß gestrichen worden waren, sah das Haus frischer aus, eleganter, und kam viel besser zur Geltung. Wordsworth wäre natürlich nicht einverstanden gewesen, er fand nämlich, Häuser sollten sich in die Landschaft einfügen, nicht aus ihr herausstechen. Er mochte keine weißen Flecken in der Landschaft sehen, besonders nicht an Berghängen, aber uns gefiel es, dass unser Haus erkennbar war, wenn wir auf den Gipfeln von Grasmoor oder Melbreak ins Tal blickten.

Manchmal, wenn wir auf alten Reitpfaden wanderten, kamen wir an den Gemäuern verlassener Häuser vorbei, versteckt in einer Bergfalte und weitab von den Straßen. Man kann sich nur schwer vorstellen, wie die Häuser in diesen abgelegenen Winkeln überhaupt gebaut wurden. Wie wurden die Baumaterialien gebracht, Zement, Holz, Rohre? Steine gibt es überall, dieselben Steine, aus denen auch Trockensteinmauern gebaut sind, aber alles andere musste über unebenes Terrain aus mindestens einer Meile Entfernung herbeigekarrt werden. Jemand hatte sein Haus unbedingt in dieser Abgeschiedenheit bauen wollen und die Unbequemlichkeiten beim Bau auf sich genommen, und jetzt war es zerfallen, seit Langem verlassen. Sie waren ein verstörender Anblick, diese Ruinen. Die Konstruktion, die Aufteilung der Zimmer war größtenteils noch zu erkennen, obwohl das Dach fehlte und auch keine Türen und Fenster mehr da waren. Tritt man über die eingestürzte Mauer, findet man in den Ecken immer ein Vogelskelett, oft die Reste eines Picknicks von Wanderern. Wind und Regen haben Putz und Farbe von den Innenwänden weggewaschen, aber auf den Fußböden sah man oft noch die alten Beläge, zerbrochene Kacheln unter dem Schmutz, eine Erinnerung, dass Menschen einst hier gelebt hatten. Die Menschen in der Gegend kennen die Geschichten aller verfallenen Häuser. Sie können einem erzählen, wer sie gebaut hat und warum und warum sie verlassen und dem Verfall preisgegeben worden waren, statt dass sie verkauft und einem neuen Besitzer übergeben wurden. Aber das verfallene Haus erzählt seine eigene Geschichte von einem Fehler, einem Schicksalsschlag, der nicht überwunden werden konnte. Besser wäre es, so mein Gedanke jedes Mal, es würde ganz abgerissen, jeder Stein entfernt, denn was bleibt, ist nicht nur traurig, sondern auch beängstigend – ein Haus, ein solides Steinhaus, und jetzt dies.

Wir wanderten, wir kletterten, wir schwammen. Bei warmem Wetter verbrachten wir unsere Nachmittage am See und nahmen ein Picknick mit an den kleinen Kieselsteinstrand, der als Sandy Yat bekannt war. »Yat« bedeutet »Tor«, und das Tor ist noch da, aber falls es hier je Sand gegeben hat, so ist der vor langer Zeit weggeschwemmt worden. Von Sandy Yat aus hat man einen Blick über Crummock Water bis nach Buttermere, und an windstillen Tagen ist das Gewässer glatt wie Glas, in dem sich die umliegenden Fells exakt spiegeln. Wenn wir zum Schwimmen ins Wasser gingen, versuchten wir, so vorsichtig zu schwimmen, dass die Spiegelbilder nicht zerstört wurden, sondern trotz der leichten Wellenbewegung erhalten blieben. So war es, als würden wir uns nicht durch Wasser, sondern durch die Berge bewegen. Einmal stand ich an einem solchen Tag vor dem Morgengrauen auf, stahl mich aus dem Haus – es war, als würde es für mich die Luft anhalten – und ging schnellen Schrittes von Melbreak bis Buttermere, sodass ich bei Sonnenaufgang schon zum Red Pike hinaufstieg und um neun Uhr, als die Sonne auf dem See unter mir in Millionen kleiner Lichter auf der Seeoberfläche tanzte, den Gipfel erreichte. Als ich allein da stand, hatte ich das Gefühl, ganz und gar immateriell zu sein, keinen Platz in all dieser Naturschönheit zu haben, mit der Landschaft eins zu werden. Ich dachte, wie befriedigend es sein müsste, wenn die Zeit zu sterben kam, an einem solchen Ort zu sterben und einfach mit den Steinen zu verschmelzen. Es war kein schwermütiger Gedanke, ganz im Gegenteil. Dann stieg ich in die Ebene und schwamm von Ling Crag zurück.

Dies war unser alternatives Leben, aber wir wussten, sosehr wir es auch liebten, dass unser eigentliches Zuhause in der Boscastle Road war, und wenn wir zwischen beiden zu wählen hätten, würde die Entscheidung klar ausfallen. So wunderbar die Sommer in Loweswater auch waren, was fehlte, waren hauptsächlich die Menschen. In London wohnten unsere Kinder und später auch Enkel, auch unsere Freunde, viele von ihnen langjährige Freunde, und (besonders für Hunter) Arbeitskollegen lebten dort. Und wenn die Tage im Oktober kürzer wurden, gab es Theater und Kinos und Museen – was immer London an kulturellem Reichtum zu bieten hatte. Außerdem wirkte London als Auslöser und setzte Ideen frei, der Lake District hingegen hatte eher eine beruhigende als eine zündende Wirkung auf uns. Es war fantastisch, dort zu arbeiten, wenn eine Idee sich schon festgesetzt hatte, nicht aber, wenn neue Ideen entstehen sollten. Jedes Mal im Oktober kehrten wir erfrischt und voller Energie zurück, dann, innerhalb weniger Tage, waren wir schon wieder erschöpft und kamen mit den einfachsten Dingen des Lebens wie dem Überqueren einer befahrenen Straße nicht zurecht. Jeden Herbst aufs Neue mussten wir uns an das Stadtleben gewöhnen – aber es war auch aufregend, stimulierend. Wir kamen uns Grasmoor House gegenüber treulos vor, aber hier waren wir zu Hause.

Das Haus heute

2013

Je älter ich wurde, desto lieber war ich in meinem Haus. Wenn ich ausging, war es jedes Mal eine Erleichterung, nach Hause zu kommen, auch wenn es innen immer schäbiger wurde. Im Jahr 2000, nach fast vierzig Jahren, sah ich deutlich, dass eine Renovierung fällig war. Die Vorhänge waren abgenutzt und verschossen, die Sofapolster hatten tiefe Kuhlen, nachdem Kinder endlos darauf herumgehopst waren, aber alles war vertraut und wohltuend, und ich konnte mich nicht überwinden, ernsthaft über Renovierung nachzudenken.

Inzwischen hatten meine Ansprüche als Hausfrau nachgelassen. Virginia Woolf schrieb einmal an eine Freundin: »Findest Du Hausarbeit im Mindesten interessant? Ich finde, man müsste es so gut wie das Schreiben machen, und ich weiß nicht, … wo die Grenze zwischen beiden verläuft … ich habe die Theorie, dass sie sich ununterscheidbar mischen.« Eine seltsame Aussage, zumal man bei dem Begriff »Hausfrau« nie an Virginia Woolf denken würde, die einmal erstaunt feststellte, welche Anstrengung der Abwasch nach dem Essen sie gekostet hatte. Ich selber war überzeugt, dass sich die Aufgaben der Hausfrau mit denen der Schriftstellerin gut vereinbaren ließen, auch ohne Hilfe, solange man genügend Energie hatte und über Organisationsgeschick verfügte.

Früher habe ich auf die Frage nach meinem Beruf gesagt,

ich sei Hausfrau. Wenn ich nicht gerade dabei war, etwas zu schreiben, sah ich mich als Hausfrau, auch wenn der Begriff inzwischen abwertend verwendet wurde. Niemand bezeichnet sich heute noch als Hausfrau, was für ein Gedanke! Hausfrau zu sein bedeutet heute, dass eine Frau sich »nur« um das Haus kümmert, aber sonst nichts tut. Was kann man zu so einer armen Person schon sagen? Am besten, man sagt nichts und lächelt und wendet sich mitleidig ab. Wenn man es nicht mit einem selbstironischen Lachen sagt – »Ich bin Hausfrau« – und so deutlich macht, dass es ein Witz ist, bringt man die Leute nur in Verlegenheit. Sagt man es mit Ernst und Bescheidenheit, ist der Zuhörer entsetzt und hofft, man kriecht schnell wieder in sein Loch, bevor seine Miene sich verächtlich verzieht.

Ich bin mir nicht sicher, wie es dazu kam, aber es geht zurück bis zu der Zeit am Ende des Zweiten Weltkriegs. Bis dahin war es für eine Frau völlig akzeptabel, wenn sie sagte, sie sei Hausfrau. Dann, innerhalb von zwanzig Jahren, wurde es zu einer Art Schimpfwort, besonders wenn »nur« davorgesetzt wurde: »Ach, sie ist *nur* Hausfrau«, was so viel hieß wie »nicht sehr helle«. Mrs Thatcher machte es noch schlimmer, indem sie ihre eigenen Hausfrauen-Qualitäten hervorhob. Teils ist das Wort selbst schuld, weil es ein lachhaftes Bild heraufbeschwört. »Haushälterin« klingt schon besser, allerdings schwingt in dem Begriff das Dienstverhältnis mit. »Hausverwalterin« wäre noch besser, da es die Bezeichnung für einen anerkannten Beruf ist. Aber vielleicht ist der Begriff, der in den Siebzigerjahren aufkam, nämlich »Hauswirtschaftsfachfrau«, noch die beste Alternative zu dem unglücklichen Wort »Hausfrau«. Klingt doch gut: Ich bin Hauswirtschaftsfachfrau. Oder?

Trotzdem, keine Frau möchte sich als jemand definieren,

deren Rolle im Leben ausschließlich die Führung eines Haushalts ist. Eigentlich seltsam, denn es ist eine anspruchsvolle Tätigkeit, zu der eine Vielfalt von Fähigkeiten gehört, die von den meisten Menschen nicht bemerkt und schon gar nicht gewürdigt werden. Jede Frau, die für einen Haushalt verantwortlich ist, kämpft einen stetigen Kampf gegen die fortwährend wachsende Unordnung und den Schmutz, und selbst wenn sie sich leichten Herzens mit einem gewissen Grad von Unordnung abfinden kann, bleibt noch das Einkaufen, die Wäsche, das Kochen – ich finde, eine Hausfrau, die all das allein bewältigt und gut hinbekommt, ist nichts Geringeres als eine Heldin. Oder eine Närrin. So oder so, der Druck lässt nie nach, trotz all der fantastischen Hilfsmittel im modernen Leben, und das Haus verlangt nach ständiger Aufmerksamkeit. Bekommt es sie nicht, zeigt es schnell seine Missbilligung und verwandelt sich in einen Ort, an dem man sich nicht mehr gerne aufhält.

Mit zunehmendem Alter nahm ich es also nicht mehr so genau, denn im Laufe der Zeit ließ auch der Einfluss der Hausfrauen meiner Verwandtschaft im Norden nach. Mein Anspruch passte sich dem meiner Nachbarn an, der, von ein paar erstaunlichen Ausnahmen abgesehen, ziemlich nachlässig war. Wenn ich in den Abendstunden in unserem Viertel spazieren ging und zu den Fenstern in hell erleuchtete Räume hineinblickte, in denen die Vorhänge / Jalousien / Fensterläden noch nicht geschlossen waren – ein beliebter Zeitvertreib von Schriftstellern –, sah ich überall eine »entspannte Wohnkultur«. Es wirkte attraktiv. Familien saßen um große runde Tische, auf denen allerlei Zeug lag, Kinder liefen herum und nahmen sich nach Belieben von dem Essen in den Schüsseln, in der Ecke lief der Fernseher, der Hund streunte durchs Zimmer, überall lagen Stapel von Büchern und Zeitungen, Sofas hatten zerschlissene Überwürfe – in einem solchen Haus musste doch alles zum Besten bestellt sein, wer immer die Haushaltsführung innehatte. Wahrscheinlich ein Trugschluss, aber keiner, der sich durch Blicke von außen als solcher erweisen würde.

Oft, wenn ich in der Abenddämmerung zum Briefkasten ging, ließ ich die Fensterläden an unserem Wohnzimmer offen, damit ich auf dem Rückweg von der anderen Straßenseite hineinsehen konnte, so als würde ich nicht da wohnen. Das Zimmer, in das ich blicke, hat sämtliche Merkmale all der anderen Zimmer, in die ich Blicke geworfen hatte, nur dass sich in unserem zurzeit niemand aufhält und alles aufgeräumt ist. Da sind die üblichen Regale mit Büchern, Bilder an den Wänden, der allgemeine Eindruck eines behaglichen Ortes. Allerdings passen unsere Lampen nicht. Sie sind alt, Tischlampen mit orangefarbenen Schirmen, die zwar hübsch sind, aber nicht zum Lesen taugen, obwohl hier so viel gelesen wird. Jeden Winter klagen wir über die Beleuchtung und nehmen uns fest vor, Deckenstrahler mit starken Birnen anbringen zu lassen, und dann machen wir es doch nicht, weil wir die Umstände scheuen. Aber als ich auf der anderen Straßenseite stand und in unser Wohnzimmer blickte, war es ein warmer und angenehmer Schein, der von diesen nutzlosen Lampen ausging. Sie lassen alles behaglich erscheinen, sehr retro, kann sein, aber benutzt, entspannt, ein Zimmer, das mit den Jahren gereift ist. So vieles müsste an meinem Haus gemacht werden, aber es gefällt mir, wie es ist. Trotz all seiner Mängel gefällt mir mein Haus.

Und das ist ein Glück, denn ich habe jetzt nicht mehr die Energie, daran etwas zu ändern. Die Erleichterung, die ich Ende der Siebzigerjahre mit Beginn der Krebserkrankung immer dann empfand, wenn ich nach Hause kam, ist jetzt noch größer, seit 2007 Metastasen aufgetreten sind, die sich in meinen Knochen und im Gewebe meiner rechten Lunge ausbreiten. In meinem Haus komme ich zurecht. Ich weigere mich, es außer zu Spaziergängen auf der Heath, so weit ich es schaffe, zu verlassen. Dennoch fühle ich mich die übrige Zeit nicht eingesperrt und habe auch nicht den Wunsch, die Wände anzuschreien. Mit dem fortschreitenden Krebs verändert sich alles in meinem Körper, und da ist mir, wie auch früher schon, mein Haus, das unverändert bleibt, ein ungeheurer Trost.

Eine Weile lang nahm es 2007 eine neue Rolle an, weil ein Zimmer darin zu einer kleinen Krankenstation wurde. Das Zimmer, das aus dem ehemaligen Kohleschuppen, der alten Küche und dem früheren Hof bestand, eignete sich nicht unbedingt für diesen Zweck, aber es war im Erdgeschoss und hatte ein großes Fenster und Glastüren zum Garten. Der Tisch mit den Stühlen drum herum wurde weggeräumt, stattdessen wurde ein Bett quer vors Fenster gestellt, sodass ich im Liegen einen Blick in den Garten hatte. Neben dem Bett stand ein Rollator, mit dessen Hilfe ich es gerade zum Badezimmer schaffte. Ich war nie vollständig gehunfähig, aber doch fast, und ob ich je wieder richtig gehen könnte, wusste niemand. Vielleicht, vielleicht auch nicht. Unterdessen sollte ich mich besser mit dem Leben in einem Zimmer anfreunden.

Das tat ich, und zwar erstaunlich schnell. Schließlich war ich zu Hause, in meinem Haus, mit seinen (zumindest für mich) berühmten Heileigenschaften, nachdem ich mehrere Wochen im Royal Free Hospital gelegen hatte, seit der Krebs wieder aufgetreten war. Mich erstaunte, wie lange ich gebraucht hatte, bis ich begriff, was los war, denn ich hatte doch immer gewusst, dass der Krebs wieder ausbrechen konnte, und mich nie als »geheilt« betrachtet, obwohl inzwischen fast dreißig Jahre vergangen waren. Ich verkannte die Bedeutung der ersten Anzeichen, die sofort aufgefallen wären, wenn ich weiterhin einmal im Jahr zu Tests ins Krankenhaus gegangen wäre, aber die waren nach zehn Jahren, als Mr McKinna in den Ruhestand ging, eingestellt worden. Eine Schwierigkeit für alle Menschen mit einer Krebs-Vorgeschichte ist die, dass nicht jedes Zwicken, jeder Schmerz ein Warnzeichen ist, besonders wenn mit fortschreitendem Alter schmerzhafte Arthritis oder Muskelspannungen auftreten können. Deswegen vermutete ich, als ich im Januar 2007 beim Schwimmen in der Karibik ein Zwicken zwischen den Schulterblättern spürte, genau das: Muskelschmerzen. Außerdem bemerkte ich auf einer der alten Amputationsnarben etwas, das wie ein Insektenstich aussah, aber an den Beinen hatte ich auch Stiche. Anfang Februar kamen wir zurück, und obwohl ich jetzt nicht mehr den ganzen Tag im Meer schwamm, war das Zwicken zwischen den Schulterblättern immer noch bei jeder Bewegung spürbar, und der Insektenstich auf der Narbe war auch nicht weg, während die an den Beinen geheilt waren. Der Gedanke, meinen Hausarzt aufzusuchen, kam mir gar nicht, aber nicht etwa aus Angst, dass diese Anzeichen bedeutsam sein konnten. Ich war neunundsechzig, der Körper zeigte Verschleiß, davon abgesehen war ich bei bester Gesundheit.

Dann passierte etwas Seltsames beim Gehen. Ich war es gewohnt, schnell zu gehen, forsch auszuschreiten, und plötzlich lief ich, wenn ich schneller ging, schief. Statt geradeaus auf dem Pfad zum Parliament Hill hinaufzugehen, trieb ich aufs Gras ab und musste immer wieder die Richtung korrigieren. Schließlich ließ ich mir doch einen Termin in meiner Hausarztpraxis geben. Dort wurde ich von einem jungen Arzt empfangen, den ich nicht kannte, was aber kein Wunder war, ich war schließlich jahrelang nicht beim Arzt gewesen. Dieser Arzt hörte geduldig zu, als ich mit vielen Entschuldigungen erklärt hatte, warum ich gekommen war, und untersuchte mich sorgfältig. Ich wies auf den Insektenstich hin, der ohnehin gut sichtbar war, und äußerte meine Vermutung, dass es nichts von Bedeutung sei. Die Schlussfolgerung war, dass ich tatsächlich eine Art Muskelkater hatte und der Insektenstich einfach an einer empfindlichen Stelle saß. Wenn das Problem beim Gehen bestehen blieb, sollte ich in zehn Tagen wiederkommen. Frohen Mutes verließ ich die Praxis und machte mich auf den Weg zur BBC, wo ich für die Sendung *Front Row* ein Buch besprechen sollte. Doch als ich aus dem Bus ausstieg, verpuffte mein Frohsinn. Ich schaffte kaum die paar Schritte zum Broadcasting House.

Um diese traurige Geschichte abzukürzen, reicht es zu erzählen, dass ich vor Ablauf der zehn Tage im Royal Free war, ein Notfall, mit, wie sich herausstellte, multiplen Verletzungen durch Metastasen und einem Wirbelvorfall, was zu einer Stauchung des Rückenmarks geführt hatte. Der Insektenstich war eine weitere Verletzung. Bei meiner Einlieferung ins Krankenhaus war ich von der Brust nach unten taub, hatte aber noch Kontrolle über Blase und Darm und ein bisschen Bewegungsfähigkeit in den Beinen. Es dauerte lange, bis vom Royal Marsden, wohin die Biopsie des Tumors geschickt worden war, die Bestätigung kam, dass die Metastasen von demselben Krebsherd stammten, der 1978 Grund für die Behandlung war. Man sagte mir, ich hätte metastasierenden Brustkrebs, für den es keine Heilung gab, aber man könne ihn kontrollieren.

Kontrollieren: Ich bewegte das Wort immer wieder in meinem Kopf umher. Was bedeutete »kontrollieren« in diesem Zusammenhang? Was ist der Unterschied zwischen »Kontrolle« und »Heilung«? Er schien mir beträchtlich. Ist etwas geheilt, dann ist es weg. Vorbei, für immer. Wenn es kontrolliert wird, bleibt es da, wird aber zurückgehalten. Wer oder was übte die Kontrolle aus? Medikamente, unterstützt durch Strahlentherapie und, in manchen Fällen, operative Eingriffe. Medikamente, in meinem Fall Hormontherapien, eine ganze Latte davon, sollten kontrollierend, als Bremse wirken. Ich stellte mir vor, ich führe mit dem Fahrrad bei voller Geschwindigkeit von einem der Berge im Lake District ins Tal und bremste mit aller Macht, um schwierige Kurven zu nehmen. Das Bild war einigermaßen tröstlich. Doch dann fiel mir ein, dass Bremsen unter großem Druck oftmals versagen und Bremsbeläge sich abreiben. Wie würde ich wissen, wann dieses Stadium erreicht war? Konnte man neue Bremsbeläge aufziehen? Dazu müsste man erst das Fahrrad anhalten, Dummkopf.

Und deshalb lag ich jetzt zu Hause im Bett. Das geschafft zu haben schien ein solcher Triumph, dass mir die Erleichterung und das Wohlgefühl Schwindel verursachten (aber vielleicht lag das auch an den Medikamenten, der Strahlentherapie und dem Schlafmangel auf der onkologischen Station). Ewigkeiten, viele Tage lang, war ich zufrieden, hier zu liegen und mir immer wieder zu sagen: »Zu Hause, zu Hause, zu Hause.« Ich war in der Geborgenheit meines Zuhauses. Es kam mir vor, als wäre ich in einem Nest, und anfangs fühlte ich mich dadurch nicht im Geringsten eingeschränkt. Ich hatte keine Energie und wollte diesen sicheren Ort, wo alles nach meinen Bedürfnissen eingerichtet war, nicht verlassen. Stundenlang konnte ich im Bett liegen, was ich auch tat, und in den Garten hinausblicken, der in schönster Frühlingspracht stand, Kirschbäume, Apfelbäume und Birnbäume voller Knospen, die jeden Moment aufspringen würden. Ich richtete meine Aufmerksamkeit auf ein Büschel Knospen an einem bestimmten Ast und redete mir ein, dass ich zusehen konnte, wie sie sich von Sekunde zu Sekunde mehr öffneten.

Das Wetter, es war Ende März, war warm und sonnig, und normalerweise würde ich den ganzen Nachmittag auf der Heath zubringen, aber es schien mir nichts auszumachen, im Haus zu sein. Ich las nicht, ich schrieb nicht. Ich sah mir einfach alles an. Ich sah in den Garten hinaus, ich sah mir Bücher mit Gemälden und Fotos an.

Aber so konnte es natürlich nicht weitergehen. Jeden Tag, den ich im Bett verbrachte, nahm die Kraft meiner schon geschwächten Muskeln weiter ab. Wenn ich nicht den Rest meines Lebens als Invalide zubringen wollte, musste ich mich kräftigen, also begann ich mit den Übungen, die mir die Physiotherapeutin im Royal Free mitgegeben hatte. Als ich ein bisschen mehr Kraft hatte, kam eine Therapeutin ins Haus und zeigte mir, wie man mit Krücken geht, sodass ich vom Rollator wegkam. Geduldig zeigte sie mir, wie es geht: ein Fuß nach vorn, eine Krücke nach vorn – ganz einfach. Aber es war nicht einfach. Ich nahm das falsche Bein mit der falschen Krücke nach vorn und konnte mich mitten im Zimmer nicht vom Fleck rühren. Es war jämmerlich, und jämmerlich zu sein ertrug ich nicht. Und weil ich wütend auf mich war, strengte ich mich mehr an und konnte irgendwann (nützliches Wort, denn ich kann mich nicht erinnern, wie lange es dauerte) an Krücken gehen. Als Nächstes musste ich das Haus verlassen, um regelmäßig an den Physiotherapiestunden im Marie-Curie-Hospiz in Hampstead teilzunehmen.

Das war ein großer Schritt. Ich wollte das Haus nicht verlassen, um keinen Preis. Sollte ich mich doch dazu überwinden, dann wollte ich, dass alle Vorhänge und Jalousien in den Häusern in unserer Straße geschlossen waren, so wie damals in meiner Kindheit in Carlisle, wenn es eine Beerdigung gab. Ich wollte nicht gesehen werden, wenn ich auf Krücken zum Auto schwankte. Ich selbst wollte die Augen zumachen – gefährlich –, damit ich niemanden sehen konnte und mit niemandem sprechen musste. Ich machte ein solches Theater, bis ich es vom Haus ins Auto geschafft hatte, dass ich von der Anstrengung ganz erschöpft war. Als ich aus dem Auto sah, schien es mir unglaublich, dass Menschen auf ihren zwei Beinen gingen, ohne darüber nachzudenken, dass sie einfach die Straße entlangschritten und sich keine Gedanken darüber machten, welch ein Wunder es für denjenigen ist, der es nicht mehr tun kann.

Ins Hospiz zu gehen fiel mir sehr schwer. Ich kannte es von früher, als ich meine Schwägerin besuchte, die dort bis zu ihrem Tod mit einer Palliativbehandlung versorgt wurde; das Gebäude selbst war mir also vertraut und ängstigte mich nicht, es war einfach ein großes altes Landhaus, das zu einem neuen Zweck umgebaut worden war. Ich wollte in den Physiotherapieraum gehen, ohne in die anderen Räume zu blicken oder mit irgendjemandem zu sprechen. Am liebsten hätte ich Scheuklappen getragen. Im Hintergrund hörte ich angenehme, freundliche Stimmen, Lachen und Plaudern, aber damit wollte ich nichts zu tun haben. Ich wollte das tun, weshalb ich gekommen war, und dann so schnell wie möglich wieder nach Hause gehen. Eine traurige Haltung, aber so dachte ich.

Zwei Monate lang verbrachte ich dreimal in der Woche eine Stunde hier, übte an den Maschinen und wurde dabei von einer Physiotherapeutin, einer charmanten jungen Französin, betreut. Es ist ja klar, dass ich meine abweisende Haltung nicht beibehalten konnte. Viele der Menschen waren um einiges schlimmer dran als ich, sie wurden in Rollstühlen gebracht, um einfache Armübungen zu machen. Die meisten konnten nach der Übungsstunde wieder nach Hause gehen, aber eine Frau bezweifelte, dass sie je wieder in ihre Wohnung konnte, weil die im zweiten Stock lag und sie einen Treppenlift brauchte, der sich nicht leicht anbringen ließ, weshalb sie im Hospiz bleiben musste, bis die Sache geklärt war. Ich stellte mir vor, wie es wäre, wenn ich nicht nach Hause könnte … zu schrecklich, der Gedanke. Ich brachte es überhaupt nur deshalb fertig, hierherzukommen, weil ich wusste, dass ich nach einer Stunde wieder nach Hause gehen konnte, aber eines Tages, das war mir klar, würde ich wahrscheinlich im Hospiz bleiben müssen. Finstere Aussichten.

Ich brauchte sechs Wochen, um mit nur einer Krücke zurechtzukommen, und nach noch einmal vier Wochen machte ich zwei Schritte allein – ein aufregender Moment, der auf jeden Fall eines Ausrufezeichens wert ist! »Versuchen Sie das lieber nicht zu Hause«, sagte die Physiotherapeutin warnend und erinnerte mich daran, dass ich hier rechts und links ein Geländer hatte, an dem ich mich jeden Moment beim »Gehen« festhalten konnte, und sie zudem selbst neben mir stand. Aber als ich wieder zu Hause war, ging ich in den Garten, und mit Hunter an der einen Seite und den Kindern neben und hinter mir, die mich auffangen würden, ging ich los. Sechs Schritte. Kein Zusammenbruch. Danach wurden die Krücken durch einen Spazierstock ersetzt, aber nicht den vom Royal Free. Ich benutzte einen Stock, der meinem Vater gehört hatte, und seinem Vater davor, einen altmodischen, knorrigen Stock aus Eschenholz. Meine Beine fühlten sich an, als wären sie in Gips, so unbeholfen und schwer waren sie, aber ich konnte wieder kurze Strecken gehen, auch wenn ich es noch nicht bis zur Heath schaffte.

Meine hartnäckige Weigerung, das Haus zu verlassen, blieb, obwohl ich dazu jetzt eigentlich imstande war. Im Haus konnte ich mich immer besser bewegen und war hocherfreut, als ich die Zimmer wiedersah, die ich monatelang nicht betreten hatte. Ich bewältigte die Treppe und schaffte es zu unserem Schlafzimmer, die »Krankenstation« unten konnte also abgebaut und alles wieder richtig eingerichtet werden. Und dann, im Juli, schaffte ich auch die nächste Treppe zu dem Zimmer ganz oben im Haus, wo ich schreibe. Da saß ich, wieder an meinem Schreibtisch, Füller in der Hand, schreibbereit. Aber ich schrieb nicht. Ich saß einfach da und starrte über die Bäume hinweg. So viele Jahre hatte ich geübt, was Mütter mit kleinen Kindern können müssen, nämlich keine Minute der kinderfreien Zeit zu verschwenden und immer sofort zu schreiben anzufangen, und diese Gewohnheit war geblieben, auch nachdem eigentlich keine Notwendigkeit mehr dazu bestand. Aber jetzt war ich müde. Ich hatte nicht die Energie, ich konnte nicht an einem Vormittag die zehn DIN-A4-Blätter vollschreiben, wie ich es immer getan hatte. Ich versuchte mir einzureden, weil ich jetzt so langsam war, nähme jedes Wort eine größere Bedeutung an, würde bewusster gesetzt. Stimmt nicht. Mein alter, schneller, vielleicht sorgloser Stil war viel besser als dieses stockende, lahme Zeug, das ich zustande brachte, dieses zögernde Kriechen über eine einzige Seite in drei Stunden. Wozu sich die Mühe geben? Warum kostbare Energie, wovon ohnehin nicht viel vorhanden war, aufs Schreiben verwenden, wenn ich sie besser für andere Dinge aufheben konnte? Und doch lockten mich der Schreibtisch und der Füller jeden Morgen nach oben, und ich gab dem nach. Manchmal war das Sitzen schmerzhaft, umso dümmer war es, mit dem Schreiben weiterzumachen. Ich glaubte auch nicht, dass ich etwas Besonderes zustande brachte, was dieses Beharren gerechtfertigt hätte – aus irgendeinem seltsamen Grund wollte ich einfach hier sitzen und es tun, das war alles.

Damals arbeitete ich an einem Roman, *Das dunkle Kind*, von dem ich einhundertvierzig Seiten schon geschrieben hatte. Als ich ihn mir wieder vornahm, nach einer Unterbrechung von drei Monaten, in denen ich wieder zu Kräften gekommen war, konnte ich mich an nichts mehr erinnern, und ich musste das Geschriebene lesen, um rauszubekommen, wer dieses Kind war und warum es dunkel war. Der Roman war in zwei »Stimmen« geschrieben, und ich verstand sie alle beide nicht, ich wusste auch nicht, wohin die Geschichte trieb, es blieb mir also nichts anderes übrig, als das Geschriebene zu zerreißen und neu anzufangen. Von der ursprünglichen Idee war nur ein winziger Keim übrig, den ich diesmal sorgfältig hüten musste, denn ich wusste, ich konnte nur in kurzen Abschnitten schreiben und durfte nicht zulassen, dass die Handlung zu kompliziert wurde, weil sie sonst meine knappe Energie auffressen würde. Aber wenigstens konnte ich schreiben, wenn auch anders und mit einer neuen Behutsamkeit. Das zu tun gefiel mir, es bedeutete etwas, ungeachtet dessen, was dabei herauskam. Mir war auch gleichgültig, ob das Ergebnis am Ende unbrauchbar war und nicht veröffentlicht werden konnte – es ging um den Prozess, das Schreiben an sich.

Das war 2007, und in dem Jahr konnten wir nur sieben Wochen in Loweswater verbringen, weil wir zurück sein mussten zu Untersuchungen, die die bremsende Wirkung der Medikamente feststellen sollten. Es war wunderschön, überhaupt im Norden zu sein, aber die Bedeutung, die das Haus für uns hatte, war nicht mehr die gleiche. Wir hatten das Haus, weil wir von hier aus lange Wanderungen und Bergbesteigungen machen wollten, und da das nicht mehr möglich war, entstand eine gewisse Frustration. Das Haus gab mir nicht dasselbe Gefühl von Sicherheit wie das in der Boscastle Road, es war ein Haus, von dem aus man in die Landschaft gehen wollte, so hübsch es auch innen war. 2008 und 2009, als ich mich einigermaßen regeneriert hatte und erstaunlich lange Strecken gehen konnte, wenn auch natürlich mit einem

Stock, musste ich ein paarmal zu Untersuchungen nach London, weil ich an einer Krebs-Untersuchungsreihe teilnahm, und diese Fahrten brachten Unruhe in mein Leben, weil ich mich weder richtig zum Land gehörig fühlte noch zur Stadt. Ich fuhr mit dem Zug, und wenn der Zug sich London näherte und all die düsteren Rückseiten der Häuser, Reihe um Reihe, vorbeizogen, saß ich da und hielt es nicht für möglich, dass irgendwo da draußen, in dem ganzen Gewimmel, ein Haus stand, das eine persönliche Identität für mich hatte. Es schien absurd, unfassbar, einen Haufen Backsteine und Mörtel mit so viel Zuneigung zu bedenken, wie ich das tat. Mir kam es wie ein Wunder vor, dass der Schlüssel in meiner Handtasche das Schloss zu einem speziellen Haus aufschließen würde. Fuhr ich aber in die entgegengesetzte Richtung, über Penrith nach Loweswater, war es anders. Auf dem letzten Stück der Fahrt sah man keine Häuser, nur Berge und Bäume, und ganz selten ein Bauernhaus in der Ferne. Landschaft beherrschte das Bild und erfüllte alles mit einem großen Frieden. Die Kleinstadt Penrith tat diesem Eindruck kaum einen Abbruch, und dann saß ich im Auto, und nach der Fahrt über den Whinlatter Pass kamen wir ins Lorton Valley hinunter, wo zunächst keine Häuser zu sehen sind, und wenn welche in Sicht kommen, stehen sie einzeln, jedes für sich. Statt niedergeschlagen zu sein wie beim Anblick meines Hauses in London, das verloren im Häusergewirr stand, machte es mich froh, dass mein Haus in Loweswater nie zwischen anderen verschwinden konnte. Es steht allein, es ist nicht eingereiht in einer Straße oder an einem Platz.

Alles sehr tröstlich, dennoch fand ich mich in meinen neuen Umständen nicht sonderlich gut im Grasmoor House zurecht. Da war die Sorge, falls es einen Notfall gab – und irgendwann würde es einen geben –, wäre ich sehr weit weg vom Royal Free Hospital und den Ärzten, die mich dort behandelten. In der Boscastle Road war in zehn Minuten Hilfe zur Stelle, während es von Grasmoor House eine Stunde bis zum nächsten Krankenhaus war. In ländlicher Einsamkeit zu sein ist keine gute Idee, wenn man eine Krankheit wie die meine hat. Der Aufbruch im Mai Richtung Norden, normalerweise von Vorfreude und Aufregung begleitet, fand jetzt in gewisser Anspannung statt. Meistens wurde vor unserer Abfahrt eine Computertomografie gemacht, und selbst wenn das Ergebnis zeigte, dass der Krebs unter Kontrolle war, konnte ich ein Gefühl der Beunruhigung nicht abschütteln. Es dauerte Wochen, bis ich mich eingelebt hatte und uneingeschränkte Freude an den längeren Spaziergängen fand, die ich jetzt machen konnte, und an dem längeren Schreiben, das wegen der Spaziergänge möglich war. Dass das Gehen in einer Beziehung zum Schreiben stand und das Schreiben durch Gehen befördert wurde, war eine erstaunliche Erkenntnis für mich. Ich war immer gern gegangen und hatte Spaziergänge als wesentlichen Bestandteil des Tages betrachtet, aber diese merkwürdige Verbindung war mir nicht bewusst gewesen. Gehen lockerte das Schreiben.

Nach den Ereignissen im Frühling 2007, als ich plötzlich nicht mehr richtig gehen konnte, beobachtete ich mich natürlich genau auf ähnliche Andeutungen hin, aber beim nächsten Mal hatten die Gefahrenzeichen nichts mit dem Gehen zu tun, und so erkannte ich auch diesmal nicht ihre Bedeutung. Es war nichts weiter als ein Taubheitsgefühl in meinem rechten Arm, als wäre er eingeschlafen. Es trat in starken Wellen auf, die aber nicht lange anhielten, und ich kam zu dem Schluss, dass ich zu lange geschrieben oder zu schwer getragen hatte. Inzwischen war es Juli 2010, wir waren im Lake District, und mein nächster Termin im Royal Free Hospital war Ende

August. Das Taubheitsgefühl kam und verschwand, aber ansonsten ging es mir gut; dass das Gefühl trog, wusste ich nicht. Der eigentliche Schmerz selbst, der in der Wirbelsäule saß, fing erst Anfang August an, und selbst dann war er nur da, wenn ich stand oder saß, ich glaubte also, es hätte mit dem Bandscheibenvorfall von vor langer Zeit zu tun. Doch dann war ich wieder in London und bekam an zwei Stellen meiner Wirbelsäule Bestrahlung. Das arme *Dunkle Kind* – es sah ganz so aus, als müsste es für immer dunkel bleiben.

Inzwischen ist es 2013, und ich bin am Ende der Hormonbehandlung, die alle vier Wochen per Injektion ins Gesäß gegeben wird. Dies ist das sechste Jahr seit der Entdeckung der Metastasen, und ich habe großes Glück, nicht nur, dass ich noch lebe, sondern auch, dass ich, obwohl ich sehr schnell sehr müde werde, immer noch in erstaunlichem Ausmaß mein normales Leben führen kann. Wo immer ich bin, mache ich lange Spaziergänge, wenigstens eine Stunde am Tag, manchmal zwei (mit vielen Pausen), und obwohl ich einen Stock brauche, muss ich mich nicht die ganze Zeit darauf stützen. Zum Teil ist es wilde Entschlossenheit, dass ich immer noch gehen kann, aber Willenskraft allein würde nicht ausreichen – es muss die Wirkung der den Krebs eindämmenden Medikamente sein.

Bald wird die Eindämmung nicht mehr ausreichen. Die Hormonpräparate werden aufhören zu wirken, das nächste ist dann eine Chemotherapie, sofern ich damit einverstanden bin. Wie das klingt – »Sofern ich damit einverstanden bin« –, denn ich habe mir zwar vorgenommen, sie abzulehnen, aber ich kenne Patienten, die denselben Vorsatz hatten und trotzdem nach jedem Strohhalm griffen, deshalb bin ich mir nicht so sicher, dass ich sagen werden: Vielen Dank, ich bin fünfundsiebzig, ich mache mich dann einfach davon. Das Davonmachen ist nämlich gar nicht so einfach. Wo soll ich das bewerkstelligen, das Sterben? Der Wunsch, zu Hause zu sterben, im eigenen Bett, ist in manchen Menschen sehr stark ausgeprägt, als wäre es ein Versagen, wenn man irgendwo anders stürbe. Familienangehörige sagen mit Stolz: »Er / sie ist zu Hause gestorben« – mit ihrer Hilfe. Da mir mein Zuhause, wie ich zu zeigen versucht habe, so viel bedeutet, könnte man denken, ich möchte auch dort sterben, aber ich bin mir gar nicht so sicher. Ich möchte das Haus nicht damit beflecken, dass ich in ihm sterbe. Ich möchte auch nicht, dass es für die Zeit des Sterbens in ein Mini-Hospiz verwandelt wird, mit der ganzen Ausstattung, die, wie ich gesehen habe, dafür gebraucht wird: das verstellbare Bett, der Ständer für den Tropf, mit dem das Morphium verabreicht wird, vielleicht ein zweiter für Sauerstoff. Ich möchte nicht, dass in meinem Haus all die unerlässlichen, wunderbaren Krankenschwestern ein und aus gehen, die Gemeindekrankenschwestern, die Macmillan-Schwestern, die Marie-Curie-Schwestern … Ich habe das alles gesehen, ich weiß, wie das Haus seinen Charakter verändern und zu einem Ort würde, der nicht wiedererkennbar wäre, seine Privatsphäre zerstört.

Warum also das nicht vermeiden und in ein Hospiz gehen? Was spräche dagegen, wenn andernfalls mein Haus seinen Charakter verlieren würde? Nun, es gilt anderes zu berücksichtigen: meine Familie. Für sie könnte es leichter sein, wenn ich zu Hause wäre, damit sie nicht ständig zwischen Haus und Hospiz pendeln müssten. Andererseits habe ich bemerkt, dass es der Familie und dem Partner oft leichter fällt, sich von dem Sterbenden zu distanzieren, wenn der in einem Hospiz liegt. Im Hospiz ist der Sterbende aus der normalen Umgebung herausgelöst, und das kann eine Vorbereitung auf die endgültige Loslösung sein. Ein Hospiz bedeutet eine Trennung, die womöglich schwer erträglich ist, vielleicht aber auch hilft. Das Sterben zu Hause ist für die Angehörigen eine enorme Anspannung, so liebevoll ihre Begleitung des Sterbenden auch sein mag. Vielleicht könnte ich den größten Teil des Sterbens zu Hause hinter mich bringen und nur für das letzte Stück ins Hospiz gehen. »Stück?« Was ich damit wohl meine? Ich rede darüber, als wäre es ein Spiel. Wahrscheinlich kann ich die Entscheidung gar nicht selbst treffen, »Ereignisse« werden das Tempo bestimmen, oder alles passiert viel schneller, als ich zu hoffen wage.

Aber ich möchte mein Haus auch nicht verlassen in dem Wissen, dass ich nie wieder zurückkehre – mein Gott, das wäre schrecklich. In diesem Jahr, wo wir nach einem fantastischen Sommer, den wir ohne Unterbrechung ganze vier Monate im Grasmoor House verbracht haben, zurückkehrten, begann ich wieder darüber nachzudenken, wie viel es mir bedeutet. Was wäre, wenn das Haus, während wir im Lake District waren, zerstört worden wäre, sagen wir bei einem Brand, und wir hätten bei der Rückkehr kein Haus gehabt? Was, außer dem Inventar, seinem Interieur, wäre verloren? Was könnte nicht wiederhergestellt werden, wenn wir in ein ähnliches Haus zögen und den Inhalt neu anschaffen würden? Sind es die Möbel / Bilder / Sachen, die von Bedeutung sind? Oder hat die Liebe zu einem Haus mit dem zu tun, was über fünfzig Jahre in seinen Mauern geschehen ist, und nichts mit dem Gebäude und den Dingen, die es enthält? Aber die Geschichte, die Erinnerungen, all das ist doch schon in meinem Gedächtnis sicher aufbewahrt. Das Haus könnte verschwinden, und was es darstellt, bliebe. Das Gebäude, bestehend aus Backsteinen und Mörtel, ist nicht wichtig, oder?

Und doch ist das Haus selbst, seine Stofflichkeit, von Bedeutung. Das genaue Wissen, wie alles angeordnet ist, wie die Zimmer liegen und benutzt werden, bereitet ein eigenartiges Vergnügen. Ich *kenne* dieses Haus. Es ist von uns verändert worden, nicht nur durch die Änderungen, die wir an seinem Aussehen und seiner internen Topografie vorgenommen haben, sondern auch durch unser Leben im Haus. Ich bewege mich intuitiv durch seine Räume. Ich muss nicht überlegen, in welches Zimmer ich gehen möchte und was ich da finden werde. Das Haus muss mich nicht an das erinnern, was in ihm geschehen ist und welche Bedeutung bestimmte Zimmer für mich haben, die niemand anders erraten könnte. Nähme man das Gebäude weg, würde man mit Schrecken feststellen, dass Erinnerungen allein nicht ausreichen. Etwas Unbestimmbares wäre dann verloren. Ich brauche den Einfluss des Hauses – der »Einfluss«, von dem Leonard Woolf sagte, er »könne Thema einer wissenschaftlichen Untersuchung sein«.

Meine Untersuchung war nicht wissenschaftlich und erhebt auch nicht den Anspruch, eine Untersuchung zu sein, aber ich teile Leonard Woolfs Überzeugung, dass es (wie er befürchtete) kein »Unsinn« ist zu denken, ein Haus, in dem Menschen über einen langen Zeitraum gelebt haben, sage etwas über sie aus und gebe ihnen auch etwas zurück. Über Monk's House, wo er und seine Frau Virginia von 1919 bis 1941 lebten, sagte er, es habe »eine starke formende Wirkung« auf die Art ausgeübt, wie sie ihr Leben gelebt haben. So weit würde ich, glaube ich, nicht gehen. Unser Haus hat mich nicht unbedingt »geformt«. Aber es hat uns eine Struktur und einen Privatraum gegeben, beides von unermesslichem Wert. Meine Überzeugung als Kind, dass ein eigenes Haus – ganz abgesehen von einem eigenen Zimmer – von enormer Bedeutung für mich ist, war nicht falsch. Als wir in diesem Jahr, 2013, in unser Haus zurückkehrten, war es anders als in anderen

Jahren. Zum ersten Mal hatte während unserer Abwesenheit niemand darin gewohnt, obwohl unsere Kinder jeden Tag nach dem Rechten gesehen hatten. Das hieß, alles war so, wie ich es verlassen hatte, und ich musste nicht durch die Zimmer eilen und die Dinge wieder so ordnen, wie ich es haben wollte. Es war, als wäre ich nur eine Stunde fort gewesen, zu einem Spaziergang auf der Heath, und jetzt war ich wieder zu Hause. Aber als ich durch die Zimmer ging und mit dem Auspacken begann, dachte ich, nein, so ist es überhaupt nicht. Etwas ist anders. Das Haus weiß, dass ich vier Monate fort war. Es muss sich wieder an mich gewöhnen. Es herrscht eine Stille, eine Zurückhaltung in der Luft. Das Haus muss sich wieder mit mir zurechtfinden. Noch bin ich nicht ganz akzeptiert. Es dauert zwei Tage, bis das Gefühl da ist, dass wir zusammengehören – das Haus und ich.

Ich habe den Kreis vollendet: Als Kind wollte ich immer in den Häusern anderer Leute sein. Und obwohl mich jetzt die Häuser der anderen immer noch faszinieren, fühle ich mich nur in meinem eigenen richtig behaglich und wohl. Es ist wie ein Gewand, auf Maß geschneidert, um mich geschmiegt, so wie es mir gefällt. So soll es immer bleiben.